Ein cleverer Kater namens Jack

Silvia Wobschall

Copyright © 2019 Silvia Wobschall

Dies ist ein lustiger Katzenkrimi im kleinen Stil ohne Mord und Totschlag, aber schon üblen Missetaten von Jack und seinen Kollegen Ben und Blacky.

Herstellung und Verlag:
BoD Books on Demand, Norderstedt

*Ich schreibe dieses Buch für die Katzen,
die in ihrem Leben nicht so
liebevoll umsorgt und verpflegt wurden
wie die meinen!*

KAPITEL 1

DER SCHLIMME TAG

Es wird Nacht und Nebel zieht über die Wiesen und Felder und ein besonderer Tag geht zu Ende, es ist Nikolaustag. Es begann in einem kleinen Dörfchen in Nordrhein-Westfalen, kaum von der Autobahn A30 zu erkennen, hier sagen sich Fuchs und Hase gute Nacht.
Alle Kinder hatten Süßes und leckere Sachen in ihren Stiefeln und Socken, nur ich nicht, noch nicht einmal eine Maus.
Wie immer ,meinem Schicksal selbst überlassen, weil Herr Krummbein ein böser alter Zausel ist und grimmig und zornig auf alle Zwei und Vierbeiner, strolche ich durch die Wälder und Wiesen in der Hoffnung, einen kleinen Hasen oder Maus

zu fangen, denn ich habe Hunger und zwar großen Hunger. Manchmal habe ich von dem Alten Tischabfälle bekommen, wenn er einen guten Tag hatte.

Es war nicht immer so. Ich muss von vorn beginnen. Ich war noch ein Winzling und man ließ mich als einzigen Katzenwelpen am Hof.

Die anderen kamen wohl ins Tierheim, als man dort das Veterinäramt anrief und alle Tiere weg sollten. So schlimm stand es dort zu und unsere Kuh, 2 Schafe und 3 Schweine, Pferd und Hund Harry mussten auch das Feld räumen. Ich konnte auch nur deshalb bleiben, weil mein Frauchen bettelte und zu mir ganz lieb war, sie versprach, für mich zu sorgen.

Der Krummbein, dieser Name passte wirklich zu ihm, seine Beine waren krumm und er eierte immer so rum, war mit einer einfachen lieben Frau verheiratet. Sie war gut zu mir und immer bekam ich meine warme Milch und Dosenfutter und an kalten Tagen durfte ich sogar ins Haus am Ofen liegen, sonst im alten Schuppen nebenan. Ich habe eigentlich keinen Namen, man rief nur Kater oder manchmal Miez Miez nach mir. Der schlimmste Tag in meinem noch nicht langen Katzenleben war vor einem halben Jahr, als Krummbein´s Frau ganz plötzlich nicht mehr da war, einfach tot. Was macht der Alte, mit einem Tritt befördert er mich nach draußen und das im Dezember, wo es saukalt ist.

Kapitel 2

Mein Plan

Die Scheune hatte eine kleine Öffnung, wo ich immer raus und rein konnte, denn ich bin schlank, bei dem, was ich zu beißen bekomme.

Mir bleibt keine Zeit zum Jammern, ich muss sehen, wie ich mich durchschlage. Vielleicht habe ich ja Glück. Unser Hof liegt abseits von den anderen Häusern, auch schon sehr alte. Hier und dort werde ich wohl noch einem Wesen begegnen. Eine weiße Perserkatze, eingebildet, gestriegelt und sehr vornehm, sie rufen sie Miss Dolly. Sie meidet
meine Nähe, bin ihr wohl zu dreckig und rieche nicht gut und Flöhe habe ich auch. Blöde Pute, denke ich mir, sie hat ein Leben im Luxus, irgendwann zahle ich es ihr heim, noch nicht einmal miauen und maunzen kann sie. 3 km weiter wohnt noch so ein Lackaffe, Kater Lucky, sieht aus wie eine Kuh,

lauter schwarze Flecken auf seinem weißen Fell. Auch er kann mich nicht leiden und da ich kein Raufbold bin, mache ich einen großen Bogen um ihn. Eines habe ich mir fest vorgenommen, wenn es soweit ist, dann nehme ich ihn mir vor und dann fliegen die Büschel. Hunger, Hunger und müde bin ich auch, hatte heute noch nichts zwischen den Zähnen. Ah, da steht eine Mülltonne, Deckel ist auf, Oh! Käse und so komische Spiralen, man nennt sie Nudeln.

Aber bevor ich schlapp mache, rein ins Maul. Ich habe mir fest vorgenommen, ein neues Leben zu beginnen.
Bin ja noch in den besten Jahren, erst 2 und nicht kastriert, aber mein Trieb hält sich in Grenzen. Ich habe einen

teuflischen Plan, werde eine Katzen-Wohngemeinschaft gründen, muss aber dafür die richtigen Typen finden, die zu mir passen. Sie sollten auch hungrig, dreckig, heimatlos und herrenlos wie ich sein. Dann werde ich es dem alten Zausel schon heimzahlen! Jetzt muss ich erst mal pennen, wird schon hell. Zurück zum Krummbein, auf keinen Fall. Was ist dort links? Es qualmt aus dem Schornstein, also Menschen, hoffentlich mit Katze und Platz für mich. Ich schleich mich näher und eine wohlige Wärme kommt mir entgegen. Ist ja bald Weihnachten, aber was hab ich davon, keine Bescherung, keine Geschenke. Mein Frauchen hatte immer alles sehr gemütlich und schön gemacht und ich bekam auch eine besondere Scheibe Wurst, ganz für mich allein. Aber dieses Jahr will ich gar nicht dran denken an die tollen Gerüche und Düfte. Allein schon der Gedanke, wenn er, der alte Zausel sich die Gänsekeule ins Maul, ich meine natürlich Mund, schob. Meinen Sie, der hat mal was fallen lassen, nee, dazu war der viel zu sehr mit sich beschäftigt. Ich höre jetzt sofort auf, wehmütig zu sein, muss nach vorne schauen.

KAPITEL 3

DIE NEUE BEGEGNUNG

Sollte hier mein 1. WG-Kumpel sein? Wie Recht ich doch hatte. Beim näheren Hinsehen erblickte ich einen roten Tiger humpelnd mir entgegenkommen. Er miaute, dann zitterte er auf einmal. Sollte ich es wagen, ihn anzusprechen? Er miaute wieder und unruhig zuckte seine Schwanzrute. Hey Du, was ist los mit Dir? Ich sah, jetzt zitterte er noch mehr wie vorher, sogar doller. Hab keine Angst, ich bin dein Freund.
Plötzlich wurde er ruhiger und fasste sich Mut und erzählte, dass man ihn beinahe überfahren hätte.

Im letzten Augenblick konnte er noch dem Traktor ausweichen. Er lebe zwar hier am Haus, aber so richtig nett wären seine Menschen nicht zu ihm. Immer die billigen Brekkies vom Supermarkt, nie was Schönes. Komm mal mit, ich zeig dir meinen Futterplatz. Der war in einer riesigen Garage, wo Fahrräder, Rasenmäher und ein alter VW-Bus standen. Ganz hinten lag ein großer Karton, ne olle Decke drin. Hier schlafe ich und da steht der Napf, bedien Dich, wenn Du magst. Das ließ ich mir nicht zweimal sagen und schlang wie ein Irrer. Ja, hier wohne ich, aber sie lassen mich nie rein und haben keinen Bock auf mich, am liebsten würde ich weglaufen. Und woher kommst Du eigentlich?

siehst auch nicht gerade glücklich aus und ziemlich mager bist du und Du stinkst! Na ja, was soll ich antworten, mich hat man rausgeschmissen und meinem Schicksal selbst überlassen, laufe jetzt schon 2 Tage umher.

Sag, willst Du nicht mit mir ziehen, will eine Katzenwohngemeinschaft gründen? Der rote überlegte nicht lange und hinkend sagte er ja und dann zogen wir weiter. Wohin wollen wir eigentlich? Es ist ja winterlich und kalt. Sag mal, roter wie heißt Du denn? Man nennt mich Ben, schon ein kurzer und schöner Name. Bin mal gespannt, ob denen es auffällt, wenn ich nicht mehr da bin. Und wie heißt du grauer? Ich bin ein Nobody, aber vielleicht hast du einen Tipp, einen Namen für mich?
Die Ohren angespitzt und mit den Augen rollend überlegte Ben und dann schießt es plötzlich wie aus einer Pistole aus seinem Maul „ Jack",
ich rufe Dich Jack, das passt zu Dir. Okay ,einverstanden. Du bist ja der ältere. So, nun lass uns überlegen, wie wir vorgehen, wohin wir wollen und wo wir was zu beißen

kriegen. Ich habe mir fest vorgenommen, meinem alten Herrchen später eins auszuwischen. Ich werde ihn ruinieren, hätte ich ein Gewehr, abknallen, aber komm erst mal an so was ran und wie soll ich´s anstellen? Wenn wir weiter nördlich schleichen und immer geradeaus, ich meine, dann sind wir im nächsten Dorf und da gibt es bestimmt was zu Fressen. Ben marschierte voran, bzw. humpelte immer noch, aber es wurde besser und siehe, nach einigen Stunden erblickten wir eine kleine Kapelle sehr einladend zum Übernachten. Ein Stückchen weiter war auch eine Haltestelle und eine Bank, wo aber niemand saß. Aber ein Karton stand dort mit Deckel. War da vielleicht unser Abendbrot drin?

Kapitel 4

Der nächste Kumpel

Der Karton machte uns neugierig und als wir näher kamen, hörten wir ein wehleidiges Miauen, erst zaghaft, dann immer lauter. Ups, Deckel hoch und eine kleine schwarze Katze kam zum Vorschein, etwas dünn, aber wohl sonst unverletzt. Was machst Du im Karton und warum schreist Du so? Na , Ihr habt Nerven, ich bin hier schon Stunden eingesperrt, man hat mich einfach ausgesetzt, weil die Kinder keinen Spaß mehr mit mir hatten und sich langweilten. Da sind die Erwachsenen
hierher gefahren, haben mich prompt auf die Bank gestellt, wohl in der Hoffnung, es kommt jemand vorbei und nimmt mich mit. Nun seid Ihr ja da, also Jungs oder Mädels, wie sieht es aus? Wir sind Jungs und Du wohl das andere Geschlecht, aber wir brauchen auch etwas Schmuseeinheiten und da kommst Du gerade richtig, aber keine Sorge, wir sind beide kastriert, (ich hab sie angelogen), kann nichts passieren. Aber keine Angst, war ein Scherz, wir brauchen noch einen Mitbewohner für unsere Katzen-Wg, magst Du und wie heißt Du denn? Ich heiße ganz schlicht schwarz- also

Blacky rief man mich. Will Euch gar nicht sagen, was sie alles mit mir angestellt haben, erst war ich neu und interessant für die beiden Knirpse in dieser Chaotenfamilie, sie trugen mich überall hin, spielten auch mit mir, aber schon nach kurzer Zeit war es vorbei mit lustig und sie gaben mir sehr unregelmäßig mein Futter, meist nur Trockenfutter, nie was Leckeres, manchmal haben sie mich auch vergessen. Nun ja, jetzt bin ich 6 Monate und werde erwachsen. Ich habe heute auch richtig Kohldampf, aber Ihr zwei seht nicht gerade so aus, als ob Ihr satt seid. Komm doch einfach mit uns mit, wir werden schon noch einen Platz finden, wo es warm und kuschelig ist, wir nicht frieren und was zu fressen kriegen. Jedenfalls ist dies mein Plan.

Jetzt wären wir zu dritt und einer kann auf den anderen aufpassen oder? Aber eines sage ich Euch, wir werden uns an unseren Herrchen und Frauchen rächen, alles bekommen sie zurück, mir wird schon was einfallen. Jetzt sind wir ein Trio, grau, schwarz und rot. So, nun aber flink, bevor es wieder dunkel wird. Nach einigen langen Minuten erreichten wir ein Tal, von dem man aus hinunter blicken kann, da sind doch Dächer und Häuser. Auf, lasst uns dorthin schleichen. Gesagt, getan!

Wir erreichten den Hof, riesig groß und abgelegen, keine Mietshäuser, keine gefährliche Strasse. Und siehe da, was kommt uns entgegen und wedelt mit dem Schwanz? Etwas schwarz-weißes wuscheliges Etwas, man nennt es Hund.

Kapitel 5

Ein neuer Freund

Hey Du da, wo sind wir? Und wer bist Du? Magst Du Katzen? Gleich 3 Fragen auf einmal. Ich bin Jack und das sind meine Freunde Ben und Blacky. Wir suchen eine passende Bleibe für uns, wenn´s geht mit Garten oder Wiese und natürlich ein Dach übern Kopf. Verstehst Du überhaupt Katzensprache? Klar, ich bin doch ein schlauer und ich heiße übrigens Bonzales, komme eigentlich aus Spanien, man hat mich von der Strasse gerettet, sonst wäre ich in so eine scheiß Auffangstation gekommen und dann aus die Maus. Da bringen die Menschen, die keine Hunde leiden können, uns hin, grausam. Dann, wenn nach 14 Tagen uns niemand will, kriegen wir die Todesspritze. Das das überhaupt noch erlaubt ist. Ich bin ein Bordercollie. Meine Leute sind gut zu mir, haben hier etwas Land, Schafe, gottseidank nur für die Wolle, nicht zum Schlachten.

Ich pass auf die auf und so habe ich immer Auslauf, frische Luft und nachts schlafe ich im Stall, aber sie kümmern sich ganz toll um mich, kriege gutes Futter und auch Streicheleinheiten. Die beiden heißen Maria und Jacob, haben keinen Nachwuchs, was für ein Glück für mich. Also wir hatten schon mal so ein Tier wie ihr es seid, Katze? hier am Hof, aber sie war sehr alt und eines Morgens lag sie tot im Stroh. Maria hat sehr geweint und wollte aber keine neue. Ja nun zu Euch, kommt mal mit, aber leise und vorsichtig, ich zeige euch meinen Futterplatz, da ist noch Nassfutter von heute morgen drin, hier bedient Euch.

Gesagt, getan, wir schlangen das Hundefutter runter und für das erste waren wir zunächst einmal genügsam. Bonzales war schon sehr nett, mal sehen, was er bei seinem Herrchen für uns erreichen kann. Wir tranken noch Wasser und müde vom langen Schleichen und Laufen versteckten wir uns im Heu und wollten nur alle Viere von uns strecken und pennen. Blacky, die es wohl am schlimmsten von uns dreien traf, weil sie Stunden im Karton war, schlief sofort ein. Ben und ich schnurrten noch vor uns hin und auch dann träumten wir vom großen Glück, Mäusen, Leckerlies, Hühnchen und Fisch, welch ein toller Traum. Ich sah nur Fressen, Stängchen und nette Wesen um mich, eine liebe Hand streichelte mich ohne Ende und eine raue Zunge weckte mich auf, es war Blacky, sie mochte mich wohl und ich erwiderte ihre Zuneigung. Zu Ben schnurrte ich, sei gar nicht eifersüchtig, Du da. Er verstand mich und döste weiter. Nun war es morgens und Bonzales musste jetzt arbeiten, nachdem ihm sein Frauchen Futter brachte und frisches Wasser hinstellte. Wir konnten ihm doch nicht sein ganzes Futter wegfressen. Aber mit den Worten zu ihrem Hund sagte Maria: wir bleiben heute den ganzen Tag fort, wollen auf eine Messe nach Hannover, kommen erst abends zurück, hier mein Lieber, noch eine Riesenportion Trockenfutter zusätzlich. Das war´s. Als Maria und Jacob mit ihm die Schafe auf die Weide brachten, machten wir uns an die Brekkies und ließen Bonzales schließlich sein Nassfutter, Ehrensache. Du Hund, als er nach einiger Zeit wieder kam, nur kurz, bellte er, ich muss gleich wieder zu meinen Freunden und aufpassen, er fraß schnell seine Mahlzeit, was gibt es? Heute abend sagst Du deinen Leuten die Wahrheit oder, frag, ob wir einige Zeit bleiben können? Versprochen war die Antwort und in Windeseile raste er zu seinen Schafen. Was sollen wir jetzt tun, eigentlich müssten wir nachts jagen und auf Wanderschaft gehen, das machen wir später auch so, aber jetzt erst einmal relaxen, alle Pfoten entspannt, die Augen wieder zu, weiter schlafen. Was geht es uns doch gut nach all den Strapazen. Scarlett im Film „vom Winde verweht" sagte immer, „ lass es uns auf morgen verschieben oder so ähnlich.

Kapitel 6

Die Stunde der Wahrheit

So, nun wurde es Abend und wir warteten auf Jacob und Maria, in der Hoffnung, dass wir hier paar Tage bleiben durften. Es war jetzt Abend und eine Uhr hatten wir nicht, aber da kamen sie alle schon samt Bonzales und den Schafen, die wieder in den Stall mussten. Maria kam als erste und entdeckte den roten Ben, ach wie goldig, ein goldener roter. Du bist hübsch, dann sah sie Blacky, Du bist auch nicht übel und ich mal wieder der Looser, weil ich nicht so schön bin und edel aussehe, zu mir raunte sie dann. Na Grauer komm mal her, lass dich von der Nähe anschauen, hast viel erlebt, gel?

Und darauf kam der lang ersehnte Satz, na gut einige Tage könnt Ihr hier bleiben, müsst aber Mäuse fangen und natürlich kriegt ihr auch Futter, das was übrig bleibt vom Tisch und das gleiche Nassfutter von Bonzales. Wir müssen etwas sparen, sind noch nicht soweit mit dem Scheren der Schafe. Wir waren ja froh, dass sie uns nicht vom Hof gejagt hat, es war halt immer noch kalt, zwar kein Schnee, aber viel Regen und da jagt man doch keinen Hund vor die Tür oder? Apropos Hund, er war uns wirklich ein Freund geworden, gleich auf Anhieb hat er uns geholfen, da sagen die Menschen immer, Hund und Katze vertragen sich nicht. Irrtum, Ihr Lieben, es gibt immer Ausnahmen. War das jetzt meine ersehnte WG vom Katzenleben? Irgendetwas fehlte doch, aber was? Heute Nacht mussten wir mal Ordnung im Stall schaffen und gingen auf Mäusejagd. Ich hatte zwar

keinen richtigen Hunger mehr, aber der Appetit kommt beim Fressen.
Manchmal hatte ich sogar Mitleid mit der Maus, aber wir sind nun mal geschaffen dafür, sie zu jagen, mit ihnen zu spielen und sie letztlich zu killen. Alles fresse ich sowieso nicht von ihr, ich, die Innereien, eklig, den Kopf lasse ich auch übrig. Blacky hatte wohl auch nicht richtig Lust auf eine Maus und Ben bemühte sich, aber da er noch humpelte, lief sie ihm immer davon. Wir können ja nachts besonders gut sehen, wir haben ein akustisches Orientierungsvermögen und bei Dämmerung werden unsere Pupillen extrem weit, genau richtig für die Beute. Unsere Schnurrhaare und Tasthaare sind für unsere Raumorientierung nützlich, toll was, hat der Mensch nicht, ätsch!

Weiß nicht, wie lange wir so uns abquälten, eine Maus zu fangen, keiner von uns dreien hatte so richtig Spaß. Aber schließlich mit der Beute im Maul schlichen wir uns zum Hauseingang und schmissen Maria die verendete Maus auf den Vorleger. Hoffe, sie freut sich morgen früh auch richtig, kommt ja von Herzen. In unseren Näpfen war auch eine

Überraschung, standen zwar nur zwei, wahrscheinlich hat sie mich vergessen, weil ich nicht so hübsch war, aber Quatsch, das bilde ich mir ein. Die Näpfe waren mit Wurstresten und Käse gefüllt und tatsächlich gab es auch etwas Milch dazu. Die sollen wir zwar nicht trinken, aber mal ist schon erlaubt. Da die Mausjagd nicht so erfolgreich war, fraßen wir die Näpfe leer. Sieh, da kam Bonzales angewedelt und bellte lautstark, hey ihr drei, wie geht's?? seid ihr satt? Morgen ist schon Tag 2, habt Ihr einen Plan, wie es weitergeht? Wenn Du uns so anbellst, nee, läuft doch ganz gut und immerhin haben wir keinen Hunger mehr und ein Dach über der Schnauze und Pfoten. Richtig cool!! Könnt uns gefallen. Aber ich habe ja in meinem Hinterkopf den Plan, dass wir uns zu gegebener Zeit an unseren Vorbesitzern rächen wollen. Die werden noch richtig Ärger mit uns bekommen und das Leid, was sie uns angetan haben, an ihrem Körper spüren, das sag ich Dir. Aber mein Plan ist noch nicht vollkommen, muss viel nachdenken, versteht ihr? Klaro Jack, bist doch unser Anführer und Verbündeter. Wir machen alles mit, auch wenn´s sein muss, schlimme Sachen. So war ich auf der sicheren Seite. Erst einmal abwarten und Milch trinken, wie man unter Katzen so schnurrt. Ich habe jetzt genug vom Fangen, ich will schlafen. Gute Nacht , Freunde! Ich leg mich aufs Ohr.
Der nächste Morgen nahte und Maria und Jacob holten wieder ihre Schafe auf die eingezäunte Weide, Bonzales war schon am Hin- und herrennen, er machte das richtig clever. Dann kamen Jacob und Maria zu uns und schielten uns fragend an. Na, gut geschlafen, Ihr Faulen, danke für die Mäuse, war das aber alles, hier wimmelt es doch nur von den kleinen grauen Ungeheuern, nagen alles an und fressen alles an, was ihnen in die Quere kommt. So, also die beiden mochten keine Mäuse und wir sollten sie alle killen, wie geht das denn? Ich bin ja inzwischen ein Mäusefreund geworden, die interessieren mich nicht die Bohne. Damit wir uns hier verstehen, ihr drei, noch 2 Tage und dann müsst ihr sehen, wo ihr bleibt, leider. Harte Worte und auch Hund konnte

nichts verlängern, er guckte ganz traurig und wedelte wieder mit dem Schwanz, er wollte uns doch helfen, hat er ja auch, aber nun war er ratlos. Mein Plan, mein Plan, Mensch, mir muss was einfallen. Übermorgen sollten einige Schafe abgeholt werden zum Scheren, das wäre doch die Gelegenheit, mitzufahren oder? Ben und Blacky, hört mal, wir springen einfach morgens heimlich auf den Hänger und fahren mit, so müssen wir nicht Kilometer weit schleichen und klettern, was meint ihr? Na klar, Du bist der Boss, machen wir, ein neues Abenteuer kann kommen.

Kapitel 7

Der Abschied

Es kam nun der Morgen und hieß, Abschied nehmen. Bonzales war sichtlich traurig, der Transporter war da und einige Schafe wurden vorsichtig aufgeladen, Du, Hund, wir kommen wieder, eben haben wir nochmals Mäuse vor die Tür gepackt und in die Beete geschissen, aus Rache, sonst machen wir das nicht, verscharren alles, aber man will uns hier nicht. Wenn wir auf der Rückreise vorbei kommen, bringen wir Dir was Schönes mit, versprochen. Gesagt getan und die drei sprangen auf den Hänger, versteckten sich im Stroh zwischen den Wiederkäuern. Es war eine humpelige Fahrt über Asphalt, Steine und wir wussten nicht, wohin uns diese Reise führte, aber immer noch besser und bequemer als selbst laufen. Jack, Ben und Blacky hielten die Augen offen und spitzten die Ohren und es dauerte gar nicht lang, da waren sie angekommen. Jetzt aber abhauen, Jungs und zwar schnell. Runter vom Hänger und weiter durch die Pampa, heute war es besonders kalt und wir hatten allmählich Kohldampf, aber unser treuer Freund Bonzales war jetzt und hier nicht da und nun mussten wir wieder selbst für uns sorgen. Bitte, bitte rennt nicht so schnell, miaute Blacky und Ben war auch noch nicht so fit, seine eine Pfote schmerzte wieder. Hier drüben ist ein Bach, er war nicht gefroren und so tranken wir erst einmal. Den alten Menschen im Altenheim sagt man immer: Ihr müsst trinken, sonst verblödet das Gehirn. Aber was ist mit unserem? Klar, manchmal bin ich schon durch den Wind schlapp, immer dann, wenn ich nichts zum Beißen kriege. Eh, seht mal, dort sind zwei Wanderer, die machen gerade Rast, vielleicht haben die was Leckeres für uns. Nichts wie hin! Wir hatten Glück, es waren zwei ältere Damen und die hatten wohl Mitleid, ich tat auf ganz mitleidig und miaute ganz fürchterlich, Ben machte es mir nach und Blacky nur ganz kläglich. Was seid Ihr denn für arme Wesen, wo kommt ihr her, seht nicht gerade zufrieden und glücklich aus, habt Hunger, nicht wahr?

Und ob, dachte ich, rückt mal raus, was habt Ihr dabei? Die eine, etwas dürre Person holte eine Dose mit Broten heraus, mit Leberwurst, sie teilte ein Brot in 3 Portionen und gab es uns. Na ja, Brot war nicht so mein Ding, aber der Hunger treibst rein. Die andere hatte gekochte Eier und Käsebrote dabei, auch nicht schlecht. Auch sie gab uns etwas davon ab. Ach Gott die armen, winselte die dickere, die könnte uns doch mehr geben, so wie die aussieht, fasten täte der wohl gut. Aber wir wollten nicht undankbar sein und gaben uns mit dem, was da war, zufrieden. In der Not frisst der Teufel Fliegen, aber dazu war es zu kalt, es gab keine. Ich hörte, wie die eine zur anderen flüsterte, die hat man doch ausgesetzt, schau sie Dir an, dreckig, verfloht und das Fell, was machen wir nur? Ich will keine Katze mehr, die andere wie ein Echo, ich auch nicht. So ließen sie uns einfach zurück und wanderten weiter. Ich wollte noch hinter her jaulen, na danke auch und tschüß. Eine warme Stube, so wie es manche Stubentiger haben, das wäre doch super, aber woher nehmen und nicht stehlen. Ich habe solche Sehnsucht nach meinem Frauchen, der Krummbein, aber sie ist nicht mehr da, hat mich einfach im Stich gelassen. Da war der warme Ofen, die heiße Milch und sie war immer gut zu mir. Nur der Blödkopf, ihr Mann, der wollte mich nicht. Ich werde mich an ihm rächen, ich schwöre es. Wie sieht es mit Euch beiden aus? Ben erinnerte sich an den schnellen Traktor, der ihn erwischt hatte und seine Leute scherte es einen Dreck, ob er noch lebte und in die kalte Garage will ich auch nicht mehr, raunte er, immer nur die billigen Brekkies vom Supermarkt, nie haben sie mich ins Haus geholt, wo es gemütlich und warm war, nein diese Menschen will ich nimmer. Was ist mit Dir Blacky, fragte Jack? Nun ja, mich hat man ja förmlich verpackt abgeschoben, Deckel drauf und ich habe mich Stunden nicht raus getraut, mich nicht gemuckst, weil ich glaubte, es lauert noch eine Gefahr auf mich, die bescheuerten Kids hatten sowieso keine Lust auf mich. Als ich klein war, haben sie mich durch die Gegend getragen, auch mal gestreichelt, meistens haben sie mich zu doll angepackt und das tat weh, dachten wohl, ich wäre ein Spielzeug. Nee nee, ich will auch nicht zurück und auch in keine Kiste mehr. Ihr habt mich gerettet, Ihr seid jetzt meine Familie. Bin Euch unendlich dankbar und mit einem Stupser bedankte sie sich bei Jack und Ben. Was sollen wir nur machen, wohin und wie weit ist das nächste Ziel? Hier ist ja überall nur Dorf, Wiese, Täler und Wald und wo ist die nächste Hütte. Nicht aufgeben, Kumpels, wenn Du denkst, es geht nicht mehr, kommt irgendwo ein Lichtlein her. Ich finde diesen Spruch cool, weil ich jetzt wirklich ein Licht sehe. Dort drüben, an der Straße seht mal, ein kleines Haus, daneben Bahngleise, sicher wohnt da der Schrankenwärter. Kommt schnell, wir schauen ganz einfach mal und sagen" HALLO"

Ich erwähne bewusst nicht die Weihnachtszeit, wird sowieso überbewertet und mal ehrlich, Weihnachten ist doch was für Kinder und die Erwachsenen schlagen sich nur die Bäuche voll, besaufen sich dann. Reden immer von dem Fest der Liebe und so. Und was ist mit uns Fellnasen und all den anderen Tieren, die sie dann unter den Weihnachtsbaum packen. Die ganz bekloppten kommen auf die Idee, uns auch noch als Geschenk einzupacken. Dann nach einigen Wochen ist der Zauber schon vorbei und man will uns umtauschen, Geld zurück, die Tierheime passen jetzt besser auf und nehmen uns auch zurück. Die Kinder haben keine Lust, Gassi zugehen mit einem Bello oder Hasso und uns Miezen lässt man mit einem dreckigen Katzenklo voller Katzensch. zurück. Das ist wahrlich „Tierliebe". Also wundert Euch nicht, wenn ich nichts über Weihnachten und „oh Tannenbaum" schreibe.

Kapitel 8

DER „NETTE" BAHNWÄRTER

Komischerweise hatte ich diesmal ein gutes Gefühl und es sollte mich auch erstmals nicht täuschen. Wir schlichen vorsichtig und langsam heran, guckten links und rechts, mussten ja über die Geleise, was nicht ungefährlich schien. Man hört immer wieder, dass so manche Katze oder Hund es nicht geschafft hat und dann waren sie futsch. Wir wollten aber aufpassen. Mein Gefühl war richtig, ein etwas älterer behäbiger Mann kam uns entgegen und winkte ganz schnell. Wahrscheinlich hatte er Angst, wir würden vom Zug überrollt, denn jetzt leuchtete das Bahnsignal und der Zug fuhr vorbei. Es war ein Güterzug, natürlich voran eine Lokomotive, wie man im Volksmund sagt. Ihr müsst aufpassen, wo kommt Ihr her und was wollt Ihr hier? Er wirkte gelassen und seine Stimme war sanft und freundlich, ein gutes Zeichen. Wir sind auf der Suche nach einem Unterschlupf und wissen nicht, wohin und haben ziemlichen Hunger. Sind seit Stunden unterwegs.

Na, dann man los, kommt mit. Er führte uns zum Gebäude, daneben stand noch ein kleiner Schuppen mit Geräten, Karren etc. und sogar eine alte Liege mit Decke. Für's erste könnt ihr einmal hier pennen und ich habe sogar noch 1 Flasche Milch im Haus und Würstchen, damit meinte er das Bahnhäuschen und tatsächlich wohnte er sogar darin. Ich lugte hinein und sah den alten Ofen und wieder kam diese wohlige Wärme auf mich zu, wie ich sie von früher kannte.

Wie schön, oh, meine Erinnerungen waren alle auf einmal da, nur die guten. Er zeigte uns sein Reich, aber sagte sofort, Ihr müsst leider nebenan im Schuppen schlafen, aber der ist dicht und eine Decke ist zum Einkuscheln da, ich bringe Euch gleich was zum fressen. Egal, wir hatten Glück und mussten nicht draußen weilen, also rein und aufs Sofa. Minuten später kam der nette Kauz schon und stellte uns Milch hin, er hatte sie sogar aufgewärmt, teilte dann 2 Bockwürste in 3 Portionen. Wie herrlich und sofort verputzten wir alles ganz schnell.

Ich habe auch gleich Feierabend und dann gucke ich noch mal rein, bevor ich mich aufs Ohr lege. Ich muss dazu sagen, dieses Stellwerk war fast außer Betrieb und nur noch Güterzüge rasten vorbei. Der Bahnwärter hatte einen lauen Job, aber ich glaube, er war nicht mehr so frisch. Nach einer guten Stunde blinzelte ein Licht einer Bahnhofsleuchte in unser Versteck und er sagte uns tatsächlich gute Nacht. Und morgen sehen wir weiter. Ich darf mich nicht erwischen lassen, denn man soll keine Haustiere halten. Am nächsten Morgen, es war ein schöner kalter, aber sonniger Wintertag, immer noch kein Schnee, ich glaube, es sind 0 Grad, kam der nette Mann in den Schuppen und tatsächlich hatte er was Essbares dabei, er aß wohl gerne Wurst, das war nämlich Jagdwurst und die mochten wir auch. Jetzt müssen wir einen Plan entwerfen, meinte er, wir haben drei Möglichkeiten: 1.) Ich bringe Euch ins Tierheim, da ist es auch warm, aber laut, 2.) Ihr zieht weiter und ich überlasse Euch Eurem Schicksal und drittens , Ihr bleibt eine Weile hier, bis es nicht mehr so kalt ist, aber dann wird es teuer für mich, muss ja Futter kaufen und so groß ist meine Rente nicht. Sagt mir, wie kommen wir zu Geld? Heutzutage geht es nicht mehr auf ehrliche Weise oder? Ben hatte eine Idee, wir könnten umher ziehen, wenn es Tag ist und Geld beschaffen, aber nur von denen, die genug davon haben, zum Beispiel vor der Bank aufpassen, wer rein und rausgeht. Man sieht doch an

den Klamotten, wer Knete hat. Ich habe früher immer bei meiner Familie Kunststücke mit den Kindern gemacht, haben sie mir beigebracht, ich springe an den Leuten vor der Bank hoch und lenke sie ab und wenn die Tasche runter fällt, nehmt ihr die Beute, das heißt den Geldbeutel und verschwindet, aber ganz schnell müsst ihr sein. Zumindest sollten wir es versuchen. Abgemacht!
Die nächste Sparkasse war paar Kilometer entfernt. Dem Alten war nicht wohl dabei, aber er konnte uns auch nicht fahren, hatte nur einen Motorroller, ziemlich altes Modell. Da steig ich sowieso nicht rauf. Der nächste Tag war also verplant, ein Bankraub im kleinen Stil a`la Katze. Wir machten uns zeitig auf und nach geraumer Zeit erreichten wir das kleine Örtchen mit Sparkasse. Es war früh am Morgen und Blacky und ich teilten uns auf und gingen in Spannerposition, denn wir sollten ja aufpassen, wer kam und das erste Opfer war.

Zuerst watschelte eine Oma, ziemlich schlicht angezogen, zur Bank hinein. Nein, die hat bestimmt nicht viel, die lassen wir in Ruh. Dann ein Jugendlicher, nee, kommt auch nicht in Frage, der hat sowieso keine Kohle. Aber da, eine Lady mit schickem Mantel, ganz elegant und hochmütig , die schnappen wir uns und gesagt, getan, schlich ihr Ben um die Beine und sie erschrak so sehr, ließ Tasche fallen, alles fiel raus, ich wetzte in rasender Eile, nahm den Geldbeutel und wir düsten so schnell wie wir gekommen sind, um eine Ecke. Ich drehte mich noch mal um, sah, dass die Dame alles aufhub und dann fing sie an zu schreien. Sie wundern sich bestimmt, wie ich die Geldbörse trug, im Maul wie ein Hund, dem Herrgott sei Dank, war sie nicht groß. Es war schon schwierig, immer aufpassen, dass sie nicht raus fiel, aber irgendwie schaffte ich es. Ein Angestellter kam geschwind heraus und beruhigte sie erst mal. So, jetzt aber davon. Wir hatten Glück, keiner weit und breit, der uns verfolgte. Die kamen gar nicht erst auf den Gedanken, dass das eine Katze war, die schauten nach Menschen, die sie verfolgen wollten.

So hatten wir Vorsprung und alles lief nach Plan. Ben hatte die Börse in der Schnauze, aber nach einer Weile machte er halt und miaute, jetzt ist ein anderer dran, ich kann nicht mehr, bin doch kein Hund, der apportiert. Ich löste ihn ab und nach einer Weile war auch Blacky dran.

Kapitel 9

DAS ERSTE OPFER

Geschafft, unser erster Überfall, alles lief nach Plan, keiner verletzt und alles für einen guten Zweck. Unser Helfer in der Not sollte ja auch davon profitieren. Es war hell und wir mussten vorsichtig sein, dass uns niemand erwischte.

Deshalb liefen wir immer auf der Wiese und im Feld zurück. Endlich angekommen, wir sahen das Bahnhäuschen schon von weitem, eilte der Alte uns entgegen, wo wart Ihr denn solange und was habt Ihr getrieben? Da sah er, was Blacky im Maul hatte und nahm ihn ihr ab. Er hob den Geldbeutel hoch und öffnete ihn, dann zählte er die Scheine, es waren 5 x 20 Euro und ein 50€-Schein, keine Kreditkarten, kein Ausweis oder sonst was. So mussten wir kein schlechtes Gewissen haben, dass die Lady keine Papiere mehr hatte und das Geld , sagen wir mal, tat ihr bestimmt nicht weh, so wie die aufgemotzt war. Unser neuer Freund war erst skeptisch, aber dann grinste er und meinte, ich bin in meinem Leben nur betrogen und beschissen worden, meine 2 Frauen haben mich ausgenommen wie eine Weihnachtsgans, immer habe ich gezahlt. Jetzt werde ich im Alter eben kriminell, was soll es, ist ja für die Tiere und die mochte ich schon immer lieber (war auch nur gelogen und geheuchelt von ihm) Jetzt, wo wir alle aufatmen konnten, traute ich mich zu fragen, wie der Alte überhaupt hieß. Hey, hast Du auch einen Namen? Na klar, ich bin Kurt, da gibt es auch einen Song von Frank Zander: ich bin Kurt, ohne Hemd und ohne Gurt oder so ähnlich. Der Name passt zu Dir. Aber Ihr Vierbeiner habt doch auch Namen? Yes , die schwarze hier, unsere Lady heißt Blacky, Ben, unser roter Streuner und ich bin Jack, ganz einfach, aber nicht „Jack the Ripper," der kreuz und quer gemordet hat, sondern nur Jack, der clevere Kater und das bin ich ja auch. Kurt meinte, er würde das Geld gut anlegen und wollte erst mal für uns Futter kaufen.

Hm ,hörte sich gut an und wir maunzten alle in einem Atemzug, kauf uns ja was Tolles, Fisch wäre gut und vielleicht paar Dosen Kitekat, was anderes kannte ich nicht von früher und nicht vergessen , Milch, die hat Kalzium, das brauchen wir. Für Dich bleibt auch was übrig, kauf Dir ne gute Flasche Korn und ein Bier oder was trinkst Du abends? Er sagte nichts, zog seinen Overall an, setzte den Helm auf und düste in die Stadt. Mensch! unser erster Bankraub ohne Verletzte, ich kann es noch gar nicht fassen. Habt Ihr mal den Film gesehen: „Die Gentlemen bitten zur Kasse" in schwarz-weiß damals mit Horst Tappert usw. Das war spannend, aber die haben richtig abgeräumt, so berühmt werden wir nie. Nach einer guten Stunde kehrte unser Lebensretter zurück mit dem lang ersehnten Futter. Er versorgte uns und als wir zufrieden und satt waren, uns putzten und schnurrten, erzählte er von seinem Einkauf. Im Dorf tratschte man schon und erzählte von einem gefährlichen Überfall. Eine gewisse Kundin der Sparkasse, eine Anwältin, man hatte ihr einfach das Portemonnaie aus der Hand gerissen. Sie sah wahrscheinlich in ihrer Angst nur Gespenster und erzählte etwas von einer schwarzen Maske. Sie hatte aber vorsorglich ihre Papiere im Auto gelassen. Kurt musste innerlich grinsen und so ganz ohne schlechtes Gewissen hatte er dann eingekauft für eine ganze Woche. Man wollte wissen, wofür das Katzenfutter wäre, da erwiderte er, er wolle es ans Tierheim spenden. So stellte man keine Fragen mehr. Jetzt, wo unsere Bäuche gefüllt und wir zufrieden waren, machte er sich an sein Abendbrot, wie immer ganz bescheiden, heute gab es strammen Max und ein kühles Blondes und einen Korn. Ein aufregender Tag neigte sich dem Ende und es wurde früh dunkel und bevor er noch mal zu uns schaute, machter er eine Runde in seinem kleinen Garten rings um das Häuschen, alles hatte er selbst angebaut, Kohlrabi, Salat, Kartoffeln, aber da es jetzt Winter war, musste er alles zudecken. Wir miauten und schnurrten und leise flüsterten wir uns zu, wie toll doch der heutige Tag war und ich, Jack, schmiedete schon neue Pläne. Das nächste Verbrechen!

Kapitel 10

Ein bisschen Faulenzen

Nach dieser erfolgreichen Beute und tollem Fressen wollten wir erst einmal nur relaxen und pennen, es war ein Geschnurre und ich träumte von so tollen Sachen, einer Hähnchenkeule, einem Fisch und der Napf war voll bis oben. Ben schnurrte auch gemächlich vor sich hin und die kleine Blacky machte auch ganz friedliche Geräusche beim Schlafen. Es war einfach idyllisch, wann gab es so was in der letzten Zeit bei mir? Unser neues Herrchen schien absolut ein friedlicher Bürger zu sein, da sollte ich mich noch täuschen, er mochte uns und er hatte auch Vorteile, wenn wir ein Weilchen blieben.

Dann ein lautes Geräusch und Klingeln und mein Traum zerplatzte wie eine Seifenblase. Es war das Signal für den Güterzug, der im Eiltempo vorbei raste. Eben noch hatte ich den Napf voll, jetzt war alles leer, ich hatte schon wieder Kohldampf, mal eben nach drüben schielen, oh, Ben hat nicht aufgefressen. Ob ich es wage, lieber nicht! Und so legte ich mich wieder aufs Ohr. Es war mittlerweile Mitternacht und irgendwo aus der Ferne hörte man eine Turmuhr schlagen. Hier kann man es aushalten, dachte ich und zufrieden döste ich weiter bis zum nächsten Morgen. Unser neuer Chef, Kurt schaute bei uns rein und hatte schon die beliebte Dose in der Hand, unser Dosenöffner war da und er verteilte die Portionen und es gab auch leckere Milch. Wie herrlich der Tag doch begann. Was machen wir heute, fragte Kurt?

Ich erwiderte: Faulenzen, es ist so kalt und ich habe keine Lust auf eine gute Tat und auch keine Meinung auf eine schlechte. Lass uns heute einfach faul sein und die Seele baumeln lassen. Mach doch auch einfach blau. Was haben wir für einen Tag, es ist Samstag. Siehst Du, fast Wochenende. Du hast ja da deine doofen Schalter und Knöpfe und bekommst dann ein Signal, wenn ein Zug kommt. Kurt meinte, er müsse ein bisschen Ordnung in seinem Büro machen und schon war er weg. So hatten wir den ganzen Tag für uns zum Faulenzen und Pläne schmieden. Ich, Jack, dachte an den ollen Knurrbein, was der wohl jetzt anstellte ohne Frau und Freunde, denn die hatte er nie, so böse, wie der war. Dem wünsche ich die Pest an den Hals, seine Strafe kriegt er noch, ganz gewiss. Ben miaute ein wenig und er hatte wohl auch schlecht geträumt von seinen Besitzern, die ihn sooft vergessen hatten, nein Liebe war das nicht, er hatte sogar Tränen in den Augen, armer Ben. Und Blacky, unsere Kleine, schlief auch ganz unruhig, sie hatte es am schlimmsten getroffen, einfach in einen Karton gepackt, Deckel zu und das war´s, was für Barbaren, nein, da konnte sie auf keinen Fall zurück. So vergingen Stunden voller Harmonie und Friedlichkeit, wir waren ein richtiges tolles Trio, ein super Team. Ich war stolz auf mich!! Morgen ist Sonntag, da ist nichts mit Bankraub oder Überfall, aber für Montag muss mir was einfallen. Zur gleichen Sparkasse geht nicht, aber wo ist die nächste? Müssen das mit Kurt besprechen. Nun kommt erst einmal Sonntag und da ist Ruhetag, verstanden! Lasst uns ein bisschen raus auf Wanderschaft und vielleicht eine Maus zum Frühstück, wie wärs und danach wieder chillen. Gesagt, getan, Ruhetag war da und wir tollten und stromerten ein bisschen um das Bahngelände, aber immer die Augen auf und Ohren gespitzt, damit wir den Zug nicht übersahen. Ist schon mancher Fellnase zum Verhängnis geworden, Bahn kam und der Kopf rollte, wie schrecklich! Ich muss dazu sagen, ich bin nicht der wirkliche Mäusefänger, sie schmecken mir nicht und manchmal habe ich sogar Mitleid mit ihnen, sind doch auch Kreaturen und haben selber Kohldampf und im Winter ist es selbst für diese Nager schwer, ein Korn oder Käse zu erhaschen. Aber ich liebe ja auch Käse, die alte Knurrbein gab mir oft eine Scheibe heimlich hinter dem Rücken des Alten ab, ich sag Euch, lecker. Das waren Zeiten und wie oft schwelgte ich in diesen Erinnerungen, als ich noch ein liebes Frauchen hatte. Wie oft hat sie mich gestreichelt unterm Kinn, das liebe ich besonders und wie vermisse ich sie. Ben, der rote, war heute überhaupt nicht gut drauf, sein hinteres Beinchen schmerzte ihm immer noch von dem blöden Traktor. Keiner hat sich in seinem Zuhause darum geschert, sein Bein zu verarzten, nee, haben ihn einfach da liegen gelassen, Menschen, sage ich Euch, das ist die Sorte, die keine Tiere haben dürften. Aber auch die kriegen ihre Strafe, wartet es nur ab. Und last but not least, da ist unsere kleine Katzendame, Blacky, schwarz wie die Nacht, aber immer auf der Hut und sie mag Mäuse, das sag ich Euch. Heute ist sie aber ein wenig verschlafen wie es scheint.

Und so richtig ist sie auch nicht bei der Sache. Im Traum hat sie gemaunzt und geschluchzt.
Na, ist auch kein Wunder, bei der Vergangenheit, ihre blöden Leute haben sie erst überall hingeschleppt wie einen Teddy, dann hatten die Kids keinen Bock mehr auf sie und dann einfach weg geschmissen in einem Karton. Die kriegen die

Höchststrafe, schwör ich! Wieder ging ein wundervoller Tag zu Ende, alles war perfekt, Kurt war gut zu uns, aber ich hatte immer im Hinterkopf, hier bleiben wir nicht. Weiß nicht, warum, nur ein Gefühl, welches mich nicht trügen sollte.

Kapitel 11

Ein neuer Montag

Ein neuer Tag und ein neuer Plan. Wir wollten nochmal Geld eintreiben und es gab einen Wochenmarkt unten im Dorf Da waren bestimmt jede Menge Geldkassetten, vielleicht offen, wer weiß. Alles muss gut überlegt und gedacht sein. Erst einmal müssen wir unseren Chef einweihen. Hallo Kurt, was meinst Du, der Wochenmarkt, sind da Händler, die genug Kohle haben? Nun ja, meinte er, die mit dem Obst und Gemüse, die müssen schon lange stehen für ihr Geld, aber dort ist einer, so ulkiger Typ, ein Vertreter mit Messern und Töpfen, der bescheißt die Leute immer. Den könnt ihr Euch schnappen. Nur Münzen, das geht gar nicht, müsst schon Scheine packen, der steht immer am Ende vom Marktausgang. Und manchmal ist da nicht viel los. Ich sag Euch, der ist nicht sauber, schon wie der rum läuft im Markenanzug, bestimmt von Boss oder so.l Nun gut, also Ben und Blacky seid Ihr bereit für den nächsten Coup? Ei ei Sir, wir sind ausgeruht und satt und auf geht es. Ich kann aber nicht mitkommen, schrie Kurt hinterher. Mich kennt man auf dem Markt.
 Null Problem. So marschierten wir wie im Gänsemarsch von dannen Richtung Markt. Mir war diesmal nicht ganz wohl dabei, weiß nicht, warum. Nach kurzer Zeit waren wir dort und versteckten uns erst einmal im Grünen rings herum. Müssen uns aufteilen, sonst fällt es auf, maunzte Ben. Klar doch, miaute Blacky. Ich wollte den Marktschreier ablenken und dann sollten die beiden schnell an sein Geld. So schlich ich immer um seine Beine, er beachtete mich erst gar nicht, aber dann wollte er mich treten und schwups war ich weg im

Gebüsch. Blödes Vieh, rief er. So, jetzt reicht´s , dachte ich, bin kein blödes Vieh, ich bin Jack, der clevere Kater, wenn Du Lackaffe wüsstest, was ich erlebt habe, dann dann… Erneut versuchte ich ihn abzulenken, das war gar nicht so einfach, aber ich fing auf einmal an, seine Bude zu markieren. So lockte ich ihn vor den Stand und im Nu waren Ben und Blacky am Werk. Der Typ war so leichtsinnig und hatte keine Kassette, sondern die paar Scheine lagen unter dem Tisch in einem Block versteckt. Ben und Blacky zogen jeder 2 davon raus und weg, so schnell wie sie konnten. Ich sah das und rannte sofort hinterher. Von weitem hörten wir noch sein Gebrüll. Aber bestimmt entdeckte er erst später den Verlust. Wir hatten ganze 50€ ergaunert, gewissermaßen gestohlen. Aber der hat es verdient, so wie er sich aufgeführt hat und nee, wer keine Katzen mag, muss bestraft werden. Nach kurzer Zeit angekommen am Bahnhäuschen und alle außer Puste, sahen wir schon Kurt am Fenster stehen und uns zuwinken. Ich glaube, er war heilfroh, dass wir alle unversehrt zurückkamen. Hey Ihr Streuner, wie war es? Was soll ich miauen, es war aufregend und spannend und einfach genial. Dieser Messerheini hat es nicht anders verdient, wer solche Klamotten trägt und den Leuten mit so einem Mist das Geld aus der Tasche zieht, der gehört bestraft.
Jetzt haben wir 50€, das reicht bestimmt für eine Woche. Unser neues Herrchen guckte trotzdem ziemlich blöd, vielleicht weil es ihm zu wenig war, was er sich denn vorgestellt hat? Wir sind doch keine dressierten Affen, nur ganz normale Samtpfoten und haben uns doch geschickt angestellt. Da war es wieder, das ungute Gefühl von heute morgen. Meine Gedanken kreisten hin und her und meine Vermutung, dass Kurt uns abschieben wollte, war richtig. Er sagte auf einmal, das war es mit uns, also Ihr müsst weiter ziehen, könnt nicht mehr hier bleiben, brauche meine Ruhe und das Geld für mich alleine. Und überhaupt, das war eine Schnapsidee mit Euch, ich habe auch Angst um meinen Job. Wenn das rauskommt mit Euch, nee, das riskier ich nicht. So, das saß und war ein Schlag für uns drei. Mein Gefühl war das

richtige und Kurt war wie alle anderen, die uns nicht mochten, kein Katzenliebhaber!! Er gab uns noch zwei Nächte wegen der Knallerei und dann mussten wir weiter ziehen, aber wohin? Mir wird schon was einfallen. Zweimal drüber schlafen und das Katzenzigeunerleben geht weiter. Unter einer gemütlichen Katzengemeinschaft hatte ich mir was anderes vorgestellt. Morgen geht erst mal das alte Jahr zu Ende und dann sehen wir weiter.

Am besagten Abschiebetag gab er uns noch Futter, so spendabel war er doch und schnell verschwand er in seinem Häuschen, ohne tschüß zu sagen. Nur keine Tränen. Ben und Blacky schauten schon so unglücklich aus und mit einem Blick zu mir, etwas ratlos war ich nun doch. Ich verspreche Euch, wir finden was Neues, ganz bestimmt!

Mir selber ging es ja auch nicht gut dabei und manchmal zweifelte ich an den Plänen und Gedanken in meinem kleinen Katzenkopf. Aber aufgeben, das war nicht in meinem Sinne, weiter machen, bis zum bitteren Ende. Das bedeutet kilometerlange Märsche, Rast machen, Beute jagen, frieren, wieder hungern, wenn keine Maus in der Nähe war, alles das, was ich nicht liebe und meine beiden treuen Begleiter auch nicht. Ich sag Euch da draußen mal was, ich habe richtige Existenzängste, wie soll denn meine Zukunft aussehen? Wollte immer ein schönes Katzenzuhause haben und eine Familie gründen, Vater, Mutter, Kind oder auch 2. Warum sollen wir Samtpfoten keine Träume haben, der Mensch darf alles, sich nicht gut benehmen, Katzen rauswerfen, misshandeln, wegwerfen, überfahren , die Liste ist lang, wäre ich morgen noch nicht fertig. Und werden die bestraft? Selten, weil sich keiner traut, haben Angst vor dem nächsten Nachbarn, haben Angst um ihren englischen Garten mit Rasen, den sie mehr pflegen als sich selbst. Wollen keine Skandale, Aufsehen erregen und so geschieht vieles im Geheimen und Dunkeln. Schrecklich, sage ich Euch!

Kapitel 12

Und wieder auf der Suche

Nach diesem Rausschmiss hämmerte es in meinem kleinen Katzenkopf und ich überlegte hin und her, was wir noch anstellen könnten.
Für einen Rückweg war es noch zu früh. Also weiter geradeaus und es waren noch einige Kilometer bis zum nächsten Dorf. So erreichten wir, es war immer noch kalt, zwar keine Minusgrade, aber ständig Regen und keine Sonne und keine Wiese, wo man sich gemütlich hineinlegen konnte, den nächsten Ort. Nur Matschepampe und Regen , Regen. Kurt, Du bist ein Ungeheuer, man schickt doch bei solch einem Sauwetter keinen Hund vor die Tür. Ist ein Sprichwort oder?

Jetzt waren wir in irgendeinem Kaff, auch nichts los, nur ab und so sieht man hier einen Landwirt mit einem Wagen voller Heu, vermutlich für seine Pferde oder Schafe. Da rechts von uns grasen ja noch Pferde, die armen, aber sie hatten einen Mantel an, cool, so was hätte ich auch gerne, mir ist nämlich heute kalt, saukalt. Aber dort, wo Pferde sind, gibt es bestimmt auch einen Stall und siehe,
 wir kamen direkt darauf zu. Es war zwar nur ein Unterstand, aber da die Wiederkäuer auf der Weide waren, konnten wir eben mal verschnaufen.
Bisschen ausruhen, oh, das tat gut. Wie lange waren wir jetzt unterwegs, ich vermute mal, 2 Stunden. Haben keine Uhr und das Zeitgefühl trügt auch. Ben, Blacky und ich packten uns, so nass wie wir waren, ins Stroh, das tat gut, wenigstens zum Trocknen wollten wir hier bleiben. Und als wir so wohlig schnurrten und schnarchten, miaute etwas und kam immer näher. Ein Artgenosse und was für einer, ein Riesenkater, bildschön mit rot, weiß und schwarz, man nennt es Glückskatze. Kann also kein Kater sein, es gibt davon nur Weibchen. Hallo, wer bist Du denn und was machst Du hier? Na, Ihr seid Scherzkekse, ich wohne hier, schon 6 Jahre und ich heiße Funny, ganz einfach und wer seid Ihr, gleich drei von Euch und was macht Ihr in meinem Stroh? Sorry, natürlich, wir müssen uns ja vorstellen, das sind Ben, Blacky und ich bin Jack. Wir haben schon etliche Kilometer hinter uns und niemand will uns haben. So ziehen wir von Ort zu

Ort, manchmal haben wir Glück und haben eine Bleibe, aber immer nur für paar Tage und dann schmeißt man uns wieder raus. Niemand will 3 Katzen auf einmal und für uns sorgen. Unsere Besitzer wollten uns los -werden, erzähle ich Dir mal in Ruhe bei einem Milchshake. Funny, wie sieht es aus, können wir wenigstens über Nacht bleiben? Von mir aus, bin keine Unkatze, aber Ihr müsst Euch, wenn die Pferde in den Stall kommen, verstecken. Mein Herrchen ist zwar ganz ok, er mag fast alle Tiere und die fünf da draußen, das sind Camero, Valentin, Bruce, Samara und Aimy, unsere Haflinger, die vertragen schon mal Kälte und sind robust. Werden gut versorgt und kommen auch nicht zum Abdecker, haben hier ihr Gnadenbrot , mein Mensch, der Holger , hat sie alle vorm Schlachthof gerettet, ist doch toll oder? Mich hat man auch über den Zaun geworfen, als ich klein war und Holger und seine Frau haben mich aufgepäppelt und jetzt bin ich schon 6 Jahre hier. Ich fühle mich wohl, bekomme gutes Futter, ich könnte auch ins Haus, aber ich schlafe lieber hier bei den Gäulen. Ich lass mir was einfallen, mal sehen, ob ich Futter auftreiben kann und kurze Zeit später kam sie ächzend mit einer Tüte im Maul, die sie mehr hinter sich her zog, geht ja nicht, war ein Witz. Da waren Kitekatbrekkies drin, ich kenn mich aus, schnell machten wir uns darüber her. Wieder eine Mahlzeit und erst mal keinen Hunger . Funny maunzte was von einer Wildkatze, die man ab und zu versorgte und die schon mal das Futter aus den Tüten klaute und so würde es nicht auffallen, wenn eine fehlt. Ich glaube aber nicht, dass ihr bleiben könnt, das wird für Holger zuviel, er hat ja noch soviel Arbeit mit dem großen Feld, Getreide und Kartoffeln und Raps, das braucht viel Zeit und seine Frau ist nicht so gesund, sie hat eine Autoimmunkrankheit und muss immer Pausen machen und sich hinlegen. Dann hops ich schon mal auf ihr Bett und rolle mich ein und wir beide schlummern dann vor uns hin. Jetzt ist ja noch nicht Abend, also ruht Euch aus, ich gucke später rein. Ich atmete auf, alles ging bisher gut und wir konnten im Warmen bleiben. So schlief ich sofort ein, müde sind wir Katzen fast immer und wir verschlafen manchmal den ganzen Tag, wenn es uns gut geht. Man behauptet, oft sogar 16 Stunden und wenn wir satt sind, verbringen wir viel Zeit mit Putzen und Lecken unseres Fells. Da soll mal einer sagen, Stubentiger wären nicht sauber. Eigentlich Stubentiger ist keiner mehr von uns, sondern alles verstossene arme Geschöpfe von bösen Menschen da draußen. Jetzt bin ich ein Zigeuner, die reisen auch um die Welt, schlagen hier und dort ihre Zelte auf und wandern dann weiter. Habe mir meine Katzenwohngemeinschaft auch anders vorgestellt. Aber dass das so kompliziert und schwierig ist, nee, das habe ich nicht geglaubt, dabei sind Blacky und Ben echt tolle Kumpels und treu sind sie auch noch. Aber immer muss ich für die beiden mitdenken, wie fürchterlich. Wahrscheinlich liegt mein IQ viel höher als von denen. Katzen sind schlau, dass haben Studien erwiesen. Ich bin´s nämlich. Was machen wir morgen? Mach mir jetzt schon Stress, wo es hin geht und die beiden pennen schon wieder. Ich grüble und mein Gehirn kann einfach nicht mehr. Wir müssen ein richtiges neues Zuhause haben, vielleicht der nächste Zoo? Aber wollen die Haus oder Freigängerkatzen? Da wohnen doch nur die großen, die Raubkatzen, die sich dann von den blöden Besuchern anglotzen lassen müssen. Nee, da will ich auch nicht hin und ins Tierheim? Da habe ich schlimme Sachen gehört. Wenn man alt und krank ist, wird man nicht mehr vermittelt und ob ich da so nette Kumpels wie die meinen treffe, nee, das ist auch Mist. Warten wir es ab. Bevor es dämmerte , kam Funny kurz zu uns und miaute, also Jungs, gleich kommen die Pferde rein, versteckt Euch schnell und ich komm später auch in den Stall, dann ist die Gefahr vorbei und ihr könnt über Nacht bleiben.

Kapitel 13

Hoffnung

Der nächste Tag brach an und in der Morgendämmerung weckte uns Funny, im Maul etwas Käse für uns, welchen sie stibitzt hatte. Dann mussten wir auch schon los und aufbrechen. Oh Gott, so fürchterlich kalt draußen und hier drinnen war es so schön gemütlich und warm, nein welche Ungerechtigkeit. Adieu, Funny, machs gut und hab dank! Wir marschierten schnurstracks in Richtung Straße. Es regnete zwar nicht, aber brrr. es war kalt und nebelig, meine Zähne klapperten oder waren es die von Ben. Jedenfalls legten wir ein Tempo zu und rannten schon sehr zügig immer geradeaus. Bestimmt sind Stunden vergangen, zwischendurch haben wir mal Pause gemacht und verschnauft und heute mussten wir über unseren Schatten springen und was fangen. Fragt mich nicht, wie lange das gedauert hat. Ich verschlang einen schon dahin gegangenen Vogel und Ben und Blacky hatten Glück mit den Mäusen. So war der Hunger nicht ganz so groß. Normalerweise fresse ich kein totes Tier, es graust mich jetzt noch, aber der Hunger treibt es rein. Ich habe mal was von einer Mühle hier in der Nähe gehört und über diese Mühle gibt es auch eine schaurige Geschichte. Mir ist jetzt schon Angst und Bang. Da, dort, ich sehe sie, eine große rote, klinkerfarbene Mühle mit riesigen Flügeln. Los, da müssen wir hin. Da wohnt wahrscheinlich niemand, aber ich sollte mich irren. Es war ein Licht zu sehen und ein Schornstein, aus dem Rauch kam. Also gibt es hier Menschen und Fressen und ein Bett? Immer näher kommend verhielten wir uns ganz ruhig und schlichen um die Mühle. Es roch nach Rauch, aber auch nach Essen, wie schön. Da, ein Fenster und ich sprang auf das Brett und spähte ins Innere. Dort saßen an einem kleinen runden Tisch eine dickliche gemütliche Frau und ein Mädchen, vielleicht 8 Jahre alt und sie aßen eine Suppe. Wie im Märchen, aber was machen wir jetzt. Ich rieb mit meiner Schnauze an das Fenster und miaute ganz kläglich. Da, die Frau sah mich und kam auf uns zu, lächelte mich an, öffnete das Fenster und sprach zu mir. Wo kommst Du denn her und was soll ich sagen, sie hob mich hoch ins Zimmer. Halt, halt, da draußen sind noch meine Freunde und ich rannte zurück zum Fenster und sprang runter. Da sah sie hinunter und wieder erschien ein Lächeln auf ihrem runden Gesicht. Dann sagte sie zu ihrer Tochter, Kind, wir haben Besuch von drei Katzen, guck mal, die eine sieht aus wie unsere Mohrle, wie schön, kommt rein, hier ist es warm. Das ließen wir uns nicht zweimal sagen und schon lagen wir am warmen Kachelofen. Ihr habt sicher Hunger, ach, was red ich, sie holte uns eine große Schale warme Milch und dann stellte sie uns noch von der Suppe hin. Egal, wir hatten Hunger und da darf man nicht wählerisch sein. Aber sie schmeckte ganz manierlich. Jetzt hatten wir wieder Menschen getroffen, die unsere Sprache verstanden, wie seltsam, so was gibt es nur im Märchen. Vielleicht waren die beiden verwunschene Tiere, Katzen, so wie wir, wer weiß. Was zerbreche ich mir meinen kleinen Kopf. Das Mädchen kam auf uns zu und streichelte ganz vorsichtig erst Blacky, dann Ben und mich. Ich heiße Trudi und bin schon 8, wir hatten auch immer Katzen und unsere letzte, die Mohrle, ist ganz alt geworden, fast 19, dann ist sie einfach nicht mehr aufgewacht und wir haben sie im Garten begraben. Jetzt haben wir schon lange keine Fellnase mehr gehabt. Es ist spät, gehen wir schlafen. Ihr könnt am Ofen bleiben, sie holte noch 2 Decken und die Nacht konnte kommen. Was hatten wir doch ein Glück. Lieber Katzengott, danke Dir, schnurrte ich noch und schon träumte ich vom Katzenparadies.

Kurz will ich Euch von dem Schauermärchen erzählen, was vor vielen hundert Jahren dort geschah. In der Mühle wohnte wohl ein Waldschrat, so ein komischer alter Mann mit Rübezahlbart, langen Fingernägeln, großen Füßen, so groß wie Salatschüsseln, sag ich Euch, keine Zähne im Maul, Verzeihung, Mund. Der soll sich immer selbst seine Mahlzeit gefangen haben, niemand traute sich in die Nähe der Mühle, nur die Wildtiere und auch Wildkatzen. Jetzt kommt das Schlimmste, er hat ihnen das Fell über die Ohren gezogen und sie aufgefressen. Aber eines Tages haben sich die Tiere, vor allem aber die Katzen gerächt, sie sind ihm nachgeschlichen und als er zum Bach wollte und sich Wasser holen, haben sie ihn ins Wasser gehetzt, ist reingefallen, ganz tief, denn der Bach soll in einen teuflischen See geflossen sein. Er tauchte nie wieder auf und alle Vierbeiner konnten in Ruhe im Wald leben bis ans Ende ihrer Tage. Hab ich toll erzählt, nicht? Am kommenden Tag, es war ein schöner sonniger Wintermorgen, wir haben wohl Februar und es ist immer noch kalt, wurden wir ganz anders geweckt. Trudi marschierte ins Kaminzimmer mit ganz vielen Überraschungen, erst bekamen wir verdünnte Kuh-Milch, dann zauberten sie alles herbei, was so im Kühlschrank vorhanden war, ein bisschen Leberwurst, Quark und man köpfte auch eine Dose Ölsardinen. Das muss fürs Frühstück ausreichen, seufzte sie. Wir waren auf Euch Vierbeiner nicht eingestellt, entgegneten die Mutter und Tochter und schon lange kam hier kein Hund oder Katze mehr vorbei. Ab und zu

hoppelt hier ein Hase, sonst fliegen die Raubvögel oben in der Luft. Es ist ziemlich einsam und öde, aber bis ins Dorf ist es mit dem Rad nicht weit und auch zur Schule kann Trudi 10 Minuten radeln. Als mein Mann noch bei uns war, er ist vor 2 Jahren abgehauen, einfach von heut auf morgen, nein nicht wegen einer anderen, er wollte noch mal zur See fahren, das hatte er früher gemacht und sein Drang nach Abenteuer war zu groß. Er bezahlt regelmäßig für Trudi und manchmal kommt auch eine Postkarte aus anderen fernen Ländern. Ich gehe auch noch 4 x die Woche arbeiten, arbeite in einer kleinen Schneiderei. Da die Mühle unser Eigentum ist, wir haben sie schon von meinen Großeltern übernommen, brauchen wir keine Miete zahlen, wir leben bescheiden von dem Unterhalt, der ist sehr großzügig und vom Kindergeld und meine Eltern hatten mir damals etwas vermacht und so schaffen wir es immer, dass Essen auf dem Tisch steht und ich für Trudi die Schulsachen und Kleidung kaufen kann. Manchmal nähe ich auch was, das kann ich gut. Und für unseren Ofen, der dieses große Zimmer beheizt und die Diele, bekommen wir immer Holz von einer Tischlerei im nächsten Ort, sie bringen es sogar. Wir haben erst 2 km weiter den nächsten Nachbarn, das sind ältere Leute und ab und zu kommt der Nachbar zu uns geradelt auf einen Kaffee. Ich liebe diese Einsamkeit und Stille und ich muss mich nicht über jeden Scheiß ärgern. Ja und Trudi, damit sie nicht vereinsamt, geht zum Musikunterricht, sie spielt Geige und das mit Leidenschaft, 2 x in der fährt sie mit dem Rad in die Musikschule neben der Grundschule. Hallo, ihr Miezekatzen, soll ich Euch was vorspielen? Sie holte ihr Instrument und begann zu fiedeln. Oh wie schrecklich, ich fing sofort mit dem Miauen an, dann Ben und schließlich auch Blacky. Bitte, bitte aufhören, das ist nichts für empfindliche Katzenohren. Wir wollen nicht unhöflich sein, aber das ist nichts für uns. Okay, sagte sie und ulkigerweise war sie gar nicht sauer auf uns. Wieder einmal musste ich erfahren, dass es doch noch Menschen gibt, die uns verstehen.
Nachdem wir unser Mahl vertilgt hatten, kam jetzt eine

Ansage, ich muss gleich zur Schule und Mutti geht auch arbeiten. Könnt Ihr putzen? Was war das denn für eine Frage, womit, mit unserem Schwanz? Nein trällerte Trudi, hier ein Staubwedel und dann durch die ganze Bude, das schafft ihr schon und fort war sie. Beide schlossen die Tür hinter sich zu, sie hatten eine Kellertür aufgelassen und sagten noch kurz, das Klo für Euch ist draußen, wohlgemerkt. Als ob wir Stinker wären, so reinlich wie wir waren. Natürlich verrichteten wir unser Geschäft auf dem Feld. Überhaupt ist es an der Zeit, ein wenig zu wandern, wir können ja raus und rein, hat sie jedenfalls gesagt. So jagten wir ein wenig und das erste Mal seit langem spielten wir Katz und Maus. Vorher hatten wir immer nur auf der Hut sein müssen und das machen, was die Menschen von uns verlangten. Hier war es seit langem schon mal anders und ich sag Euch noch was, es machte sogar richtig toll Spaß. Wir vergnügten uns in Wald und Flur, putzten uns wieder, hatten aber auch mal Hunger und schwups waren wir wieder in dem warmen Zimmer mit Kachelofen. Erst mal eine Runde verschnaufen und Mittagsschlaf halten. Apropos Mittag, was gab´s denn? In unseren Näpfen waren noch Reste und etwas Mich und so begnügten wir uns damit.

Bisschen Hunger hatten wir schon, na ja, zur Not muss eine Maus dran glauben. Auf einmal kam ein kläglicher Seufzer aus der Ecke, es war Blacky, hatte wohl schlecht geträumt, aber dann war sie auch schon wach und erinnerte uns ans Staubwischen. Na klar, machen wir. Wenn wir schon freie Kost und Logis haben, müssen wir auch was tun. Und so wirbelten wir eine Menge Staub auf, anstatt ihn zu entfernen und zu guter letzt zerbrach auch noch der Wedel und eine alte Vase, was für ein Malheur.

Was nun, woher sollten wir Ersatz nehmen und nicht stehlen? In unserem Übermut haben wir Mist gebaut. Mal sehen, wenn die zwei nach Hause kommen, erst mal verstecken, nee, das ist feige, gleich den Tatsachen ins Auge sehen. Es war nun schon mittags, jedenfalls hörte man die Turmuhr schlagen. Es dauerte nicht lange, da drehte sich das

Schloss und die Mutter kam herein, hinter ihr auch Trudi. Na, Ihr Samtpfoten habt doch was angestellt? Ich, der mutigste, schleimte sich bei der Tochter ein und strich um ihre Füße, der Staubwedel ist hin und die olle Vase, aber mal ehrlich, Staubwischen ist doch nichts für Katzen oder? Jetzt mussten die beiden auch lachen und Trudi´s Mutter, sie hieß Lore, grinste auch über beide rosigen Wangen. Ist nicht schlimm, ich mochte die Vase nie leiden. Hier habt Ihr erst mal Euer lang ersehntes Katzenfutter, sie machte 2 Dosen auf, sah so aus wie die Aldimarke, aber egal, der Hunger ist stärker. Und so wurden wir satt und zufrieden und schlummerten wieder am Ofen. Was für ein Leben, Faulenzen ohne Ende und man wird noch belohnt.

Kapitel 14

Unsere neuen Mitbewohner

Was hatten wir für ein Glück, hier gelandet zu sein bei Lore und Trudi, unsere neuen Mitbewohner. Ich muss mich korrigieren, wir sind die neuen Mitbewohner, jetzt ist die Wohngemeinschaft komplett oder? Wir haben aber gar nicht gefragt, ob wir bleiben dürfen. Es war jetzt der Zeitpunkt gekommen und ich hatte schon Manschetten und Angst, dass wir wieder abdampfen müssten. Aber unsere neuen Besitzer meinten, vorerst könnt ihr bleiben. Man kann ja überlegen, was später wird, aber draußen ist noch Winter und da müsst Ihr nicht unbedingt im Freien schlafen. Vielleicht haben wir eine Arbeit für Euch, Mäusefangen natürlich und auch, wenn die Käfer und Fliegen kommen, die müsst Ihr entsorgen. Geht klar. Ein neuer Tag, dem wir entgegen schlummerten, erwartete uns und vielleicht auch mal ein Abenteuer? Wer weiß! Pläne schmieden, das konnte ich doch immer so gut, jetzt fiel mir nichts mehr ein, keine Idee, wie man zu Geld käme. Kriminell wollte ich nicht mehr sein, jedenfalls momentan nicht. Die beiden Mädels sind so ehrliche Bürger, sie versorgen uns, sind liebevoll mit einander, nicht so wie Kurt, der hat uns ausgebeutet. Hat die geklauten Scheine alle für sich behalten. Dieser Verbrecher, wir hatten die Arbeit und begaben uns in Lebensgefahr und mussten abliefern. Wer weiß, ob die nicht nach uns fahnden, dort können wir uns nie wieder blicken lassen. Aber irgendwie juckt es mich schon in den Pfoten, so einen Fang nochmals zu machen, aber später. Jetzt erst einmal ist Ehrlichkeit und Treue angesagt. Wenn wir eine Weile hier Unterschlupf haben, das hilft auch meinen grauen

Gehirnzellen. Dann fällt mir sicher ein neuer teuflischer Plan ein. Aber bis dahin regnet es nur Mäuse im wahrsten Sinne des Wortes oder so ähnlich. Die Menschen kennen so viele Sprichwörter, in meinem kleinen Katzenhirn ist nicht so viel Platz, um sich alle zu merken. Seit Tagen verspüre ich auch so eine Unruhe, einen Trieb in mir, ich brauche eine Katzendame, aber soviel ich weiß, ist Blacky kastriert. So werde ich wohl morgen auf Weibersuche gehen, muss mich doch ein wenig abreagieren bei diesem ganzen Stress, ich bin doch ein Lump und nicht so anständig, wie meine beiden Kumpels immer glauben. Aber, wenn Lore sieht, dass ich noch die Klotten hinten habe, dann düst die mit mir zum Tierarzt, au Weh! Aber vielleicht ist es auch gar nicht so schlecht, dann muss ich nicht mehr markieren. Hier reiße ich mich zusammen und verschwinde dann durchs Kellerfenster. Will es mir nicht verscherzen. Erst mal auf Brautschau gehen und dann sehen wir weiter.

Gesagt, getan, ein Wort. In den frühen Morgenstunden machte ich mich auf den Weg, um die passende Katzendame zu beglücken. Zu Ben und Blacky maunzte ich kurz, bleibt noch liegen, ich gehe auf Mäusefang. Dann trottete ich los, Richtung Kirchturm, wo am Tage mehrmals die Glockenturmuhr schlug. Da, wo eine Kirche steht, gibt es auch Menschen und einen Garten.

Ich erreichte in Windeseile den Park mit Kirche und streunte einmal quer durch und siehe da, auf dem Sockel neben dem Kircheneingang saß ein zauberhaftes grau getigertes Wesen. Es muss ein Mädchen sein, so wie die sich putzt. Bei ihrem Anblick blieb mir fast das Herz stehen, so schön und anmutig saß sie da, zwar bisschen dreckig, aber sonst. Jetzt musste ich meinen ganzen Charme spielen lassen und in meiner besten Körper- und Katzensprache baggerte ich sie an. Wer bist Du denn? Siehst ziemlich müde aus, woher kommst Du? Hm, bin eben mal auf Tour und mit mal sehe ich Dich, hast Du nicht Lust auf ein Schäferstündchen? Die Lady, sie war wirklich eine und obwohl sie sehr vornehm tat, lud sie mich ein, mit ihr in den Garten zu gehen. Dabei grunzte sie so komisch und rollte mit den Augen, ein Zeichen für mich? Soviel Erfahrung mit Katzensex hatte ich noch nicht. Plötzlich warf sie sich hin und rollte hin und her. Schnell ergriff ich die Initiative und packte sie am Nacken und dann ging alles sehr schnell. Geschafft, meine erste Geliebte, ob sie das auch so sah. Es waren nur Sekunden und das soll alles gewesen sein. Da schwärmen die Menschen immer, dass Sex so toll ist und dann so was hier. Nee, brauch ich nicht noch mal. Ich warf der Lady, die nun auch wieder die alte war, einen galanten Blick zu und mit den Worten, man sieht sich, schlich ich davon. War das jetzt Familienplanung und wenn ja, wann erfahre ich, ob ich Vater werde? Dann muss ich wohl doch ab und zu hier zum Turm schauen. Aber jetzt nach Hause in die gemütliche Mühle, vorher noch 2 Mäuse packen, damit meine Kumpels nicht misstrauisch werden. Es gelang mir sogar, 2 kleine Spitzmäuse ins Maul zu bekommen, aber ich mag sie kaum, die schmecken nicht, sind auch giftig.

Sollen die beiden sich doch darum schlagen. Ich will keine. Ich nehme lieber meine Milch. Angekommen und rasch durch das Kellerfenster hoch in die Stube. Dort lagen Ben und Blacky und schnurrten beharrlich, ja sie schnarchten sogar. Ob ich auch so einer bin. Bei den Menschen sind schon viele Ehen auseinander gegangen wegen dieser Schnarcherei. Ich war ganz leise, wollte Lore und Trudi nicht aufwecken. Es war noch sehr früh. Ich ließ meine Beute los und da die Mäuschen noch lebten, rasten sie wie von Sinnen durch die Stube, natürlich um ihr Leben. Ben und Blacky wachten auf und jagten hinter her, aber vergeblich, die Mäuse waren zu schnell und plötzlich verschwunden. Hey Jack, wo kommst Du her und was machst Du für einen Lärm?

Wenn Ihr wüsstest, dachte ich mir, aber ich verriet nichts von meinem ersten Date. Inzwischen klingelte ein Wecker und bald darauf kamen Lore und Trudi mit unserem Frühstück. Na, wieder diese Aldi-Dose oder sogar Kitekat? Egal, Hauptsache, zu Fressen. Irgendwie sah mich Lore heute anders an und immer schaute sie mir auf mein Hinterteil. Dachte ich mir´s doch, jetzt hat sie meine besten Teile entdeckt. Und in einem Atemzug sagte sie ganz laut. Du bist ja noch gar nicht kastriert. Das müssen wir nachholen. Mir wurde angst und bange, aber da musste ich jetzt durch und gleich begann sie ganz schnell ohne Pause zu reden. Gleich morgen machen wir einen Termin beim Tierarzt. Hab mich auch schon gewundert, räusperte sie, weshalb es hier so stinkt. Na hör mal, stinken ist was anderes, dachte ich. Ich bin ein sauberer Kater. Trotzdem war mir mulmig zu Mute, jetzt meine Männlichkeit zu verlieren. Muss mal gleich mit Ben sprechen, wie es bei ihm war. Hätte ich das gewusst, wäre ich nicht hier. Aber zu spät. Es gab nur 2 Möglichkeiten, entweder Hoden ab oder wieder Rausschmiss. Nein, ich wollte hier bleiben, hier ist es warm, haben zu fressen und müssen nicht arbeiten, besser geht's nicht. Also gut, dachte ich, dann muss es sein und ich ergab mich meinem Schicksal. Hoffe nur, der Arzt weiß, was er tut und ich bin nicht sein erstes Opfer.

Kapitel 15

Ich habe Angst

Oh weh, jetzt gab es kein Zurück mehr. Der Tag der Taten nahte und es kam noch schlimmer, ich bekam an diesem Morgen nichts zu beißen, Hungerstreik ungewollt. Was bin ich doch arm dran. Da Lore kein Auto hatte, bat sie eine gute Bekannte, mich zum Tierarzt zu bringen, der 10 Km entfernt seine Praxis hatte. Mein letztes Stündlein schlug, so meinte ich jedenfalls. Gefangen in dieser blöden Katzenbox, hatte ich null Chancen auf abhauen und als ich dann eher grob auf dem OP-Tisch landete, gab es schon einen Stich ins Fell und ich war weg. Wenigstens musste ich nicht bei vollem Bewusstsein das erleben, was man nun mit mir machte, haben einfach die Dinger - abgebunden. Mensch, ich sag Euch, nicht noch mal, nicht mit mir. So schlummerte ich einige Stunden vor mich hin, ich träumte sogar von meiner Katzenlady und so wachte ich am Nachmittag endlich am warmen Ofen auf. Wackelig auf den Pfoten und jede Menge Durst. Aber da sah ich Trudi und sie streichelte mich ganz sanft und sprach tröstend zu mir. Hey Jack, nun bist Du geheilt. Was redet die für einen Quatsch, was heißt geheilt? Jetzt tut mir alles weh und ich kann kaum laufen. Aber als der Schmerz nachließ und die Narkose nicht mehr wirkte, vernahm ich alle Geräusche und sah auch Ben und Blacky, die mich ratlos ansahen. Ben miaute, das habe ich auch hinter mir, gegen die Menschen sind wir machtlos. Wie geht es Dir, piepste dann Blacky, irgendwie war sie heiser? na ja, ich lebe noch. Hoffe, ich kriege jetzt bald was zwischen die Zähne. Ich habe nämlich Hunger. Trotzdem musste ich noch bis zum Abend fasten, dann endlich gab es sogar neben einer Portion Nassfutter noch ein Leckerli. Geschafft, jetzt haben sie, was sie wollten und ich kann nimmer mehr Sex haben oder doch?

Vielleicht werde ich bald Vater, muss demnächst nach meiner Lady gucken, ob sie einen Braten in der Röhre hat. Nun wurde ich wieder, was heißt wurde, war immer noch müde und ganz geschafft von diesem Tag. Was hatte ich für einen Bammel vor der Spritze und mich friert es auf einmal. Das sind die Nachwehen der blöden Narkose. Einfach nur schlafen, träumen und schlummern, wie herrlich. Mit einem kurzen Seufzer schlief ich dann ein und das bis zum nächsten Morgen.

Kapitel 16

Plan A

Am Tag darauf sah die Welt schon wieder anders aus. Ich war ausgeschlafen und hatte auch keine Schmerzen mehr, was für ein Glück für den Doc, sonst könnte der was erleben. Ich war voller Tatendrang und musste immer wieder an meine Freundin am Kirchturm denken, war das Liebe? Liebe ist, da gibt es so tolle Sprichwörter, habe ich gehört. Ich fand die schon toll und sie hat auch still gehalten für die kurze Zeit. Vielleicht denkt sie auch an mich und will mich wieder sehen, wer weiß. Aber, wenn die wüsste, dass ich ein Krimineller bin, ach was, muss sie nicht. Und den anderen erzähle ich auch nichts von meinem Date, sind nur neidisch. Aber auf der anderen Seite sind wir doch Freunde und unter Freunden erzählt man sich alles. Vielleicht, wenn es mal passt, Heute nicht, muss mich noch schonen von der Strapaze gestern. Ich kann es immer noch nicht glauben, bin kein kompletter Katzenmann mehr, etwas fehlt, bin ich jetzt eine Kätzin oder ein Neutrum? Quatsch, was grübele ich zuviel. Ich muss jetzt an unsere Ziele denken, zuerst soll Plan A her. Wie soll es weitergehen, bleiben wir in der Mühle oder ziehen wir weiter?

Nee, eigentlich möchte ich hier nicht fort, ist gerade soo schön, der warme Ofen, links Ben und rechts Blacky an meiner Seite, Trudi und Lore immer für uns da, Futter und Milch, wie im Schlaraffenland. Doch innerlich spüre ich einen Drang nach Ferne und Abenteuer, auch ein bisschen Fernweh und Heimweh nach meinem alten Frauchen Krummbein. Auch muss ich mit dem Alten noch abrechnen, alles zu geraumer Zeit. Und da ist auch wieder die Sehnsucht nach meiner geliebten Lady am Kirchturm, dann habe ich wieder Gelüste, eine Bank zu überfallen. Warum schwanke ich so hin und her? Sind das die Wechseljahre beim Kater? Bin doch jetzt entmannt! Was für ein Scheiß. Hey Ben und Blacky, wollen wir nochmals was Verbotenes machen? Habt Ihr Lust? Ben maunzte, nee, nicht wirklich, ich bin dafür nicht geschaffen, ich brauche ein solides beständiges Katzenleben ohne Polizei und Verfolgung. Mein Bein wird nie wieder so wie früher sein, ich bin ein halber Invalide, aber Rache nehmen an unseren vergangenen Herrchen und Frauchen, das will ich schon. Und Du Blacky, was ist mit Dir? Ich war immer nur ein Spielzeug für die Kids, dann haben sie mich vergessen und einfach weg geworfen wie Müll, eine Strafe müssen die kriegen, meinte Blacky ganz kläglich. Manchmal vergaß sie sogar, zu miauen, so traurig war sie, wenn es um ihre Vergangenheit ging. Der Zeitpunkt wird kommen, wo wir

auch hier Abschied nehmen müssen.

Genießen wir die Stunden bis dahin!!!

Und so wurde Plan A in Gedanken festgehalten. Kommt Zeit, kommt Rat, ein gutes Sprichwort und man soll nichts über den Zaun brechen, hat das alte Krummbeinchen immer gelabert. Was fehlt sie mir doch. Sie war ein guter Mensch und die guten sterben leider viel zu früh. Ob sie mich von oben beobachtet und weiß, was ich erlebe und so anstelle.? Lassen wir es offen, manchmal glaube ich an meinen Katzengott, aber immer, wenn er mich vergessen hat, dann möchte ich ihn auch verwünschen. Der neue Tag war interessant mit vielen Nachrichten, auch aus dem Dorf. Nach getaner Arbeit setzten sich Lore und Trudi zu uns und erzählten Schauermärchen. Sie hätten gehört, an einer Sparkasse wurde eine Frau von einer Katze überfallen. Trudi lachte und meinte sofort, nur ein Hund kann so was, aber eine Katze? Wenn sie sich da mal nicht täuschte, sie wäre erstaunt, wenn sie mich mit dem Geldbeutel im Maul gesehen hätte. Aber wir dürfen uns nicht verraten und mit einem Augenzwinkern zu Ben und Blacky gab ich den beiden ein Zeichen, das Maul zu halten. Sie haben es wohl kapiert, denn ein Grinsen zog über ihre Gesichter, sofern Katzen grinsen können, ich glaub, ja. Lore sprach dann von einer Edelkatze am Kirchturm, die ständig rollig ist und wohl keinen Besitzer hat. Man will sie demnächst einfangen und ins Tierheim schaffen. Sofort hellhörig geworden, das musste ich verhindern, meine Katzendame und bald meine Kinder. Nein, da muss ich was tun. Muss mich jetzt zurückziehen und legte mich ans Ende der Decke und grübelte. Ich bring mich um, wenn ich meine Angebetete nicht mehr wieder sehe. Vielleicht kann sie ja zu uns, ist doch Platz für alle oder? Muss unser neues Frauchen überreden, aber wie? Am besten, ich locke sie zum Kirchplatz und dann sehen wir weiter. Der nächste Tag, es war inzwischen Donnerstag, sollte voller Überraschungen stecken. Ich war noch immer geschafft von der doofen Vollnarkose, taumelte ein wenig und dann sprach ich meinem besten Katzendeutsch: Du Trudi, kommst Du mal mit zum Kirchturm, ich will Dir was zeigen. Gleich, wenn Du aus der Schule kommst, versprochen? Trudi war neugierig und meinte, bis nachher. Das war erst mal gut so, denn, wenn sie meine Dame mochte, könnte sie auch Lore davon überzeugen. Die Turmuhr schlug 16 Uhr und es war noch nicht schummrig und ich watschelte hinter Trudi her, die mit ihrem Fahrrad nur im 1. Gang fuhr. Angekommen und da saß sie auch schon, wieder auf dem Sockel, bildschön, ich weiß nicht, welche Rasse, ist mir auch egal, aber eben schön. Und siehe da, sie sprang runter und wedelte mit dem Schwanz, kam auf mich zu und Nase an Nase begrüßten wir uns. Sie liebte mich auch, da war ich ganz sicher. Ich guckte zu Trudi hoch und meinte, das ist sie, die Katze, von der alle reden und kein Zu Hause hat. Kann sie nicht mit uns ziehen? Du siehst doch, sie mag mich und mit den anderen, das klappt, verspreche ich Dir. Das Mädchen war auch ganz entzückt von dem Anblick dieser schönen Katzendame und aus ihrem Mund kamen die Worte: Und was wird Mutti sagen, ihr seid schon drei und noch eine vierte? und wie struppig sieht sie aus, das Fell glänzt nicht und sie riecht nach Matsch und Klo, aber sie hat ein wunderschönes Gesicht! Und wenn sie wo weg gelaufen ist und ihr Herrchen sucht sie ganz doll. Ach, papperlapapp, dann würden sich die Leute im Dorf nicht die Mäuler zerreißen, dann wäre sie schon bei ihrem Besitzer. Bitte, bitte, sie soll mitkommen. Die Lady, immer noch trotz des Gestanks und Aussehen, sehr vornehm, jedenfalls benahm sie sich so, stolzierte mit uns in Richtung Mühle. Ein bisschen bange war mir doch, aber wenn ich mir vorstelle, ich habe jetzt nicht nur zwei Kumpels, sondern noch eine Familie, eine Wohngemeinschaft, die vollkommen ist. Ob das Lore auch so sieht. Aber die machte erst ein erstauntes Gesicht, sah zu Trudi, dann zu mir. Wer ist das und woher kommt sie? Sie ist uns einfach vom Kirchplatz hinterhergelaufen, ehrlich. Nun gut, ich will kein Unmensch sein und ich liebe Katzen, obwohl es jetzt schon reichlich eng für uns alle wird. Sie kann bleiben, fürs erste, aber ab in die Wanne! Trudi, Du badest sie erst einmal und dann sehen wir weiter. Sie verschwanden nach oben in die Badestube, ich hörte ein klägliches Miauen, das Plätschern des Wassers klang bis nach unten und im Nu raste ich hoch zu ihr und sah die Katastrophe, Meine Liebste war pitschenass und sah schrecklich aus. Katzen mögen kein Wasser, Du bringst sie ja um und meine Kinder auch? Du musst sie sofort trocken machen, am besten ein Fön. Welche Kinder und warum spielst Du Dich so auf? Jetzt beim genauen Hinsehen sah man schon was, eine Wölbung. Das Häufchen in Trudi´s Arm miaute ganz laut und man sah eine Träne. Trudi schaute zur Katze und dann zu mir, aha, Du bist der Vater, deshalb sollte ich mit Dir zum Turm, bin ja nicht blöd. Aber sie beruhigte sich schnell und fönte die Lady erst einmal trocken und dann waren wir alle wieder unten und es gab endlich was zu Fressen. Unser Neuzugang fraß wie ein Scheunendrescher, na ja, wenn sie tagelang unterwegs ist und niemanden hat. Wir müssen ihr einen Namen geben, mischte sich Blacky ein. Ben war noch ganz benommen von dem Anblick und er konnte den Blick nicht von unserem Gast abwenden. Da kam Lore auf uns zu, sie soll Bella heißen, das hört sich hübsch an. Klingt gut, heißt die Schöne, meinte Ben und ich haderte noch mit mir, willigte dann doch ein. Mir fiel auch nichts Besseres ein. So, jetzt waren wir ein Quartett, noch, wer weiß, was in einigen Wochen auf uns zu kommt? Hoffentlich werden die nicht so hässlich wie ich, aber bestimmt kommen sie nach der Mutter. Bella, sichtlich erleichtert nach der Wasserprozedur und endlich mal im Trocknen, schlief sofort ein. Vorher leckte und putzte sie sich noch die Pfoten. Ich muss mal wieder nachdenken, denn jetzt liegen wir den beiden Frauen auf der Tasche, haben nichts und können auch kein Geld verdienen, so wie Bob, der Streuner, der Kunststücke konnte. Kennt Ihr den Typ, der ist toll und und…. Ich kann keine Kunststücke, singen kann ich auch nicht, tanzen eher weniger, aber ich kann Vater werden, ist doch auch was. Vielleicht kann man die Babys, wenn sie da sind, verkaufen. Warten wir es ab. Morgen ist auch noch ein Tag, sagte mal wieder Scarlett , ich wiederhole mich, ist auch egal. Und wenn alles nur ein Flop war und sie gar keine Kinder kriegt, was dann? So schlief ich doch endlich neben meiner Angebeteten ein und träumte von Babygeschrei, bzw. miauen und von einem großen Fisch!

Es war nun wieder Wochenende und man hatte sich an Bella gewöhnt. Sie war ganz lieb und jetzt sah sie richtig toll, also

noch toller als vorher, könnte mich glatt nochmals verlieben. Ich schien ihr auch nicht egal, denn sie blinzelte immer mit einem Auge zu mir, oder doch zu Ben? Ich bin nicht eifersüchtig, bin nicht mehr komplett, Ben auch nicht und ich habe mich unter Kontrolle. Heute blieben unsere Frauchen zu Hause, keine Schule, keine Arbeit und Lore saß an ihrer Nähmaschine und bastelte uns vieren ein Hemd oder Cape, mal sehen, sie machte so eine Andeutung, für kalte Tage. Aber das tragen doch nur die Kläffer. Ich brauche keine Schürze, ich brauche Fressen, seit meiner Klotten ab-Tortur verspüre ich noch mehr Appetit, ist das normal? Und die werden sich erst mal wundern, wenn Bella los legt. Zuerst bekam die kleine Blacky einen Umhang, sah gar nicht so übel aus, dann war Ben an der Reihe, auch nicht schlecht, jetzt wurde unsere Lady angezogen, schick und ich zierte mich noch, aber kam nicht drum rum. Nun sind wir gesellschaftsfähig. Ich glaube, Blacky war ein wenig eifersüchtig auf Bella, war auch so, denn alles drehte sich um sie und die Tage verstrichen. Ihr Bauch wurde dicker und Lore war schon ganz nervös. Tatsächlich wollte sie die Welpen verkaufen, aber versprach, ganz liebe Leute zu finden.

Kapitel 17

Katzengeschrei

Der besondere Tag rückte näher und Bella watschelte wie eine Ente um uns herum. Inzwischen war es März und wärmer geworden. Unsere blöden Mäntel mussten wir nicht mehr tragen, sie hat es ja gut gemeint. Dann Schlag auf Schlag, Lore war Gott sei Dank zu Hause, erblickten 3 kleine Würmer das Licht der Erde. Bella hat das ganz allein geschafft ohne großes Aufsehen und Gejammer. Irgendwie sehen die hässlich aus, wenn sie so winzig sind, kommen nach mir? Aber nein, ganz viel Fell ist doch dran. Katzenmutti leckte alle ab, verschlang die Nachgeburt, wie schrecklich, das soll schmecken? und blickte ganz stolz zu mir oder doch zu Ben? Es war ein schönes Gefühl, ich bin Vater, jetzt kann ich es auch meinen beiden Kumpels sagen. Na, wie habe ich das gemacht und guckte ganz frech zu Blacky und Ben? Du bist der Vater, wann hast Du das denn fabriziert? Stolz und doch gleichzeitig verlegen rümpfte ich die Nase und grinste mal wieder.

.

Lore und Trudi hatten alle Hände voll zu tun mit uns. Sie waren besorgt um die Katzenmama und verwöhnten sie von morgens bis abends und wir? Nun ja, unser Futter bekamen wir, klar, aber nicht mehr soviel Streicheleinheiten wie vorher. Alles drehte sich um die Welpen & Co. Baby müsste man sein. Jetzt war die Zeit zum Nachdenken und für Plan B. Was machen wir, wenn die Babys soweit sind, dass sie weg müssen? Was ist mit Bella? Können wir bleiben? Wollen wir bleiben? Unsere Mission ist noch nicht erfüllt und unser Schwur, an unseren Vorbesitzern Rache zu nehmen, der gilt!!

Kapitel 18

Aufregende Wochen

Jetzt war es mit Ausschlafen und Ruhe dahin, ein Miauen und Piepsen war im Gange, die Babys hatten ständig Hunger und die stolze Mama wurde weiterhin verwöhnt, rund um die Uhr. Die Hausherrin Lore machte tolle Fotos von den kleinen und hing sie an einem Supermarkt und am nächsten Krankenhaus auf. Internet hatten sie nicht und sie versprach uns immer noch, dass die Welpen in gute Hände kämen. Bella war offensichtlich traurig. Kurze Zeit darauf meldete sich ein nettes älteres Ehepaar, um sich die Würmer anzuschauen. Wir versteckten uns, damit die nicht einen Schock bekamen, so viele Katzen auf einmal. Bella schlief mal zwischendurch, ansonsten hatte sie mit ihrer Milchbar genug zu tun. Die netten Leute kamen in die Stube, sahen Bella und in einem Atemzug riefen sie ganz außer sich, da ist ja unsere Lady, sie hieß wirklich so. Trudi und Lore guckten sich erstaunt an, ist das ihre Katze? Sie ist uns zugelaufen vor paar Wochen und da war sie schon in guter Hoffnung. Wir haben sie Bella getauft. Ja, sie ist es wirklich, wir haben sie seit Wochen vermisst, aber sie hat keinen Chip und ist auch noch nicht kastriert, ist erst 8 Monate alt. Wir haben sie auch über 100 Ecken bekommen, die Menschen wollten sie loswerden. Da nahmen wir sie auf. Wir haben nicht aufgepasst und schwupp, war sie fort. Wir wohnen 10 km weiter entfernt, da muss sie die ganze Zeit umher geirrt sein, die Arme. Wir möchten sie gerne zurück haben, wenn die Babys aus dem gröbsten sind. Eins würden wir auch gern behalten. Wir sind so glücklich, dass unsere liebe Lady wieder da ist. Damit sie uns auch glauben, wir haben Fotos von ihr, bitte, bitte, geben sie sie uns zurück. Wir helfen auch mit Futterspenden. Lore war sichtlich erleichtert, zwei Fresser weniger. Trudi mischte sich ein und meinte, bitte Mutter, wir möchten eins behalten. Die anderen ziehen sowieso weiter, ich habe sie neulich belauscht, unsere Bande. Und das dritte Katzenkind wollte doch Deine Schwester haben, hab ich gehört. Lore rief unsere Namen und wir kamen geschwind aus unserem Versteck und nun wurden wir vorgestellt. Die beiden alten, so alt waren sie nun doch nicht, um die 60, waren ganz begeistert von unserer WG und immer wieder ging ihr Blick zur Katzenmutti, den Kindern und dann zu uns. So war dieses Problem für´s erste gelöst, nur konnte ich dann nicht mehr meine Lady sehen, wenn wir weiter ziehen würden. Aber so ist das Leben, auch für Katzen, Begegnungen, Liebe, Abschied nehmen, wie traurig. Der Tag sollte schneller kommen, als wir glaubten. Die Welpen waren jetzt 10 Wochen und fraßen selbständig und alles, was sie im Leben brauchten, brachte ihnen Lady bei. Ich war schon stolz auf mein Werk. Aber wehmütig war ich auch und jetzt musste ich zu meinem Plan B greifen.

Kapitel 19

Plan B

Nun war der Tag gekommen und das ältere nette Ehepaar holten Lady und das eine Katzenkind ab. Es war ein schöner Morgen und endlich schien mal die Sonne. Sie hatten einen großen Tragekorb mit und Lore ließ sich alles schriftlich geben, damit sie auf der sicheren Seite war. Alles ging sehr schnell, Tränen flossen bei Trudi, aber sie trug das andere Kleine, welches hier ein Zuhause hatte, auf dem Arm hin und her. Schon wieder klingelte es und Lore´s Schwester holte den nächsten Zwerg ab. Er war schwarz mit weißem Latz und ein Kater. Das andere, welches mit Lady ging, hatte eine schildplattfarbene Zeichnung, ein Mädchen. Und Trudi behielt den roten mit weißem Kragen, auch ein Junge. Als etwas Ruhe einkehrte, rief ich meine Kumpels zu mir und wir hielten ein Meeting. So ist es auch bei Katzen, die Pläne schmieden.

Ich war der Boss und musste sie von meinem Vorhaben nur noch überzeugen, reden kann ich ganz gut.

So, nun muss ich nachdenken und zwar ganz scharf und keine Fehler machen. Eines steht fest, bleiben können wir hier auf Dauer nicht. Wollen ja Lore und Trudi nicht auf der Tasche liegen. Wir fressen und schlafen hier und können das auch nicht bezahlen, wovon auch? Jetzt haben die beiden auch noch den kleinen Scheisser von Lady und da kommt einiges auf sie zu. Mich macht das alles unendlich traurig, aber das Leben ist hart und das einer Katze sowieso. Man sagt: kommt Zeit kommt Rat. Ich mit meinen Sprichwörtern, bin schon ein kleiner Poet, nicht wahr? Also Ben und Blacky, so schwer mir der Abschied fällt, hier fort zu gehen, auch dass ich meine geliebte Freundin nicht mehr sehen kann, alles traurig, aber wir machen uns morgen oder übermorgen einfach auf den Weg. Einverstanden, miauten Ben und Blacky im Duett und sie hatten beide feuchte Augen. Wir gaben, glaube ich, ein jämmerliches Bild ab, so bedeppert schauten wir drein. Am Abend, es war still geworden, seitdem Bella und die beiden Kids weg waren, nur der kleine Welpe hatte sichtlich Spaß an seinem Versteckspielen, in den Schwanz beißen, tollen und toben, schleichen, schnurren, miauen, alles im Wechsel. Es war schon amüsant, ihm zuzusehen. Als wir unser Fressen verschlangen, sprachen wir zu Lore und Trudi, wir hauen morgen ab und machen uns langsam auf den Rückweg, dort, wo wie herkamen. Wir haben noch viele Pläne und müssen ein Versprechen einlösen. Vermutlich ging es den beiden auch nicht gut bei diesen Worten und sie schluchzten. Ist schon viel Arbeit mit Euch und es kostet auch Geld. Allein Deine Operation beim Tier-Doc, lieber Jack, das war mein Erspartes, sagte Lore. Aber wir haben Euch gerne und wenn Ihr mal wieder in der Gegend seid, schaut herein, versprochen? Nun legten wir uns alle aufs Ohr und träumten von einer noch besseren Zukunft. Ich schnarchte so laut, dass mich Ben immer schupste, so war ich dann wach. Der spinnt doch wohl, hatte gerade im Traum ein Schäferstündchen mit meiner Bella, Verzeihung, Lady. Die Nacht ging vorüber und wir drei bekamen noch tolle Leckerlies, wie kleine getrocknete Sardinen, eine Knabberstange und unser geliebtes Dosenfutter. Was werden wir das in der nächsten Zeit vermissen. Ich hasse Abschiede, wie oft sagte ich schon adios, adieu und good bye. Jetzt voran Ihr Heulsusen und denkt daran, was auf uns wartet. Da maunzte Blacky, hoffentlich nicht ein Wildschwein oder ein Wolf oder sogar der Jäger, der uns dann abknallt. Hier ist soviel Wald und wir müssen da durch. Hab keine Angst, Du kleine schwarze, wir haben geschworen, auf einander aufzupassen. Du bleibst immer in der Mitte, ich voran und Ben das Schlusslicht. Habe auch eine Idee, wie wir den Jäger austricksen. Lore hat uns vorgewarnt, dass sie wieder Füchse und Hasen abknallen in der Gegend. Mörder!!! Hat doch jeder Platz im Wald: Fuchs, Hase, Reh und von mir aus auch der Wolf. Sind bald alle einheimischen Tiere vorm Aussterben bedroht, wenn die Menschen so weiter machen. Versauen uns die Natur, schmeißen ihren Müll einfach hin, wo es ihnen passt. Uns Vierbeinern machen sie die Hölle heiß, wenn wir in ihren Garten schissen und das Auto markieren. Ich sag Euch da draußen, irgendwann gibt es den Urknall und dann keinen Zweibeiner und Vierbeiner mehr. Ach gibt ja auch noch welche mit viel mehr Beinen, Spinne, Käfer und der

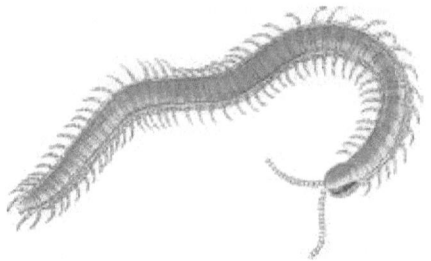

Tausendfüßler, Mensch, hätte ich fast vergessen.
Nach kurzer Zeit im Wald hörten wir schon die Knallerbüchsen und schlichen uns von hinten an die zwei Jäger, jedenfalls glaubte ich das. Sie hatten komische Hüte auf mit so einer Feder oben und guckten ganz grimmig. grimmig aus. Ich habe eine Idee, vielleicht können wir Meister Lampe und Fuchs Reinicke und Bambi noch retten. Es ist keiner dieser Kläffer dabei, die uns immer jagen. Ich

lenke den einen ab, zwicke ihn in die Hose und kratze ihn am Schenkel und weil es ihn kitzeln und stören wird, hat er keine Kontrolle über sein Gewehr. Der andere ist auf der gegenüberliegenden Seite. Das klappt, so, nun los geht's. Jack war so schnell wie ein Blitz und im Nu knallte es plötzlich und traf den 2. Mann genau ins linke Bein. Vor Schreck ließ unser Opfer die Büchse fallen und rannte sofort rüber und wollte ihm helfen. Los ab mit Euch, aber schnell miaute ich noch, sonst landen wir noch als Wildragout im Topf. Ich glaube, die haben gar mitbekommen, dass wir Katzen sind. Ein Schrei nochmals und verfluchte Viecher hörte ich ihn rufen. Schnell guckte ich mich um und sah, wie er zu seinem Handy griff. Kommt gleich Hilfe, mach nicht solchen Alarm, dann humpelst Du eben eine Weile, kannst nicht mehr arme Tiere abknallen und wie sagt ein altes Sprichwort: Die Zeit heilt alle Wunden. Wir wussten gar nicht, wo wir waren, aber in Sicherheit vor den Grünköpfen, ihre Uniform war grün, als Tarnung meine ich. Ich kann nicht mehr, schrie Blacky, ich will nicht mehr, raunte Ben. Hätten wir bloß nicht auf Dich gehört. Jetzt wissen wir nicht, wo wir sind und ich habe Angst. Diese Hosenscheisser, dachte ich, was glauben die denn, ist eben kein Spaziergang so ein Abenteuer mit mir und immer nur auf der faulen Haut liegen, sich verwöhnen lassen, das ist auch nichts für uns Streuner. Ich will aber kein Streuner mehr sein, miaute Blacky, ich brauche ein Zuhause mit warmen Ofen und Streicheleinheiten. Ich brauche eine Reha, säuselte Ben, mein hinteres Bein ist immer noch nicht gut, erst Physiotherapie und dann in die Heide. Aber wir Katzen ohne Herrchen haben keinen Krankenschein und wenn wir was haben, Augen zu und durch. Mensch, das ist ein Mist, immer Schmerzen, wie soll ich da die nächsten 100 km durchhalten. Nun mach mal halblang, erwiderte ich, erstens sind das keine 100km mehr, zweitens bist Du seit Wochen ausgeruht, hast zugelegt ohne Ende, wann hast Du das letzte Mal eine Maus gefangen, sag schon? Weiß ich nicht, aber es war doch so herrlich bei den beiden, so eine Bleibe kriegen wir nie wieder. Blacky konnte nicht mehr und erschöpft fing sie an, zu niesen und zu husten. Werde bloß nicht krank, müssen noch bisschen laufen. Wohin aber, erwiderte sie mit weinerlicher Katzensprache? Ich bin so müde. Wir werden schon was finden, haben wir doch seit Monaten auch immer. Jetzt ist es warm und Frühling, bald naht der Sommer, dann frieren wir nimmer. So jetzt erst Mäuse fangen, los, Kumpels. Ihgitt, ich mag die nicht, aber trotzdem müssen wir was in den Bauch kriegen. So geschah es, Maus ins Maul, erst spielen und dann fressen, aber nicht die Innereien, eklig und auch nicht den Schwanz. Pilze schmecken auch lecker, aber bei meiner Pflanzenkenntnis lasse ich lieber die Pfoten davon. Lore hatte mal Pilze gebraten mit Sahnesauce, das war edel. Überhaupt, jetzt schwelge ich auch schon in Erinnerungen und werde wieder melancholisch. Nix da, rein ins Maul und Hunger stillen. Seht Ihr, dort ein Bach, es gibt Wasser, kein Vergleich mit der verdünnten Milch, die es gab. Aber hier ist eben nicht das Schlaraffenland, wo die Bratwürste und Hühner umher fliegen, alles schon gebraten. Ein wenig Ausruhen ist erlaubt und dann geht's weiter Richtung Westen, da geht immer die Sonne auf. Die anderen beiden dachten im Stillen, Jack, der spinnt, aber für alles hat er eine Lösung. Wo sollen wir auch hin und ohne ihn sind wir bestimmt verloren, wären vielleicht schon mausetot. Wir wollen nicht undankbar sein und vielleicht öffnet sich bald ein neues Türchen für uns. Dann machten die drei sich auf und schlichen durch die Wälder, fehlte nur noch, dass sie ein Wanderlied sangen, wie Das Wandern ist des Müller's Lust ..., seht Ihr hier einen Wanderer außer 3 zerzauste Fellnasen? Oben in den Bäumen sangen Amsel, Drossel, Fink und Star und ab und zu sprang was kleines Braunes über den Weg, etwa was zum Fressen? Nein, es war ein Eichkätzchen und mit dem lege ich mich nicht an. Da, ein Hase, aber nein, zu groß und ich mag nicht jagen, jedenfalls heute nicht. Wieder auf morgen verschieben wie immer? Irgendwann muss doch mal eine Hütte oder Haus kommen. Ich hatte das Wort kaum ausgesprochen, da stand sie, die hölzerne Wochenendhütte.

Kapitel 20

Halbzeit

Fenster offen. Vorsichtig machten wir eine Runde ums Haus und da keine Gefahr lauerte, machten wir es uns bequem. Es war alles schön ordentlich und sauber und sogar der Tisch war gedeckt für zwei. Bloß nicht für uns. Bei Schneewitchen hatten es die Zwerge gut, wenn sie von der Schicht nach Hause kamen. Sie hatte gekocht und alle wurden satt. Pst. Seid still, ich höre was, ein Auto nahte, ich sah die Scheinwerfer und es knallte eine Tür und Gelächter hallte durch die Luft. Eine junge Frau und ein älterer Herr kamen auf die Hütte zu und es wurde aufgeschlossen. Waren das Vater und Tochter, nee, die sahen so verliebt aus. Der alte Sack und so ne junge Lady, Mensch, darf ich nicht sagen, muss dann an meine treue Mieze denken, was sie wohl macht? Ist mit ihrem Kind am Gange, muss noch erzogen werden. Wie gerne wäre ich jetzt bei ihr. Genug des Träumens und Gefasel. Wir hatten es uns unterm Bett gemütlich gemacht und konnten alles genau beobachten. Der alte hatte einen Korb dabei und eine Flasche Champus. Der geht fremd, hundert pro. Was ist das peinlich, schleichen uns hier rein und werden Mittäter. Was machen wir nur? Die beiden aßen so tolle Sachen, da war Baguette, Schinken, Käse, Scampis, kleine rote Kugeln, man nennt sie Erdbeeren. Ich verspürte eine Lücke im Magen und hatte Hunger. Dann kamen sie zum nächsten Gang, die Flasche wurde geköpft und dieses edle Gesöff tranken die wie Wasser. Zu Blacky und Ben knurrte ich leise, jetzt geht's gleich in die Koje, sag ich Euch, wir müssen aber vorher weg. Ich mag keinen Sex mehr sehen. Kaum ausgesprochen, standen die beide kichernd auf, er hatte seine Finger schon überall und sie taumelten Richtung Bett. Schnell düsten wir an denen vorbei, aber hielten im Flur kurz an, versteckten uns wieder. Es war mucksmäuschenstill auf einmal. Aber sie hatten nichts gemerkt und jetzt klang auch eine Melodie aus dem Radio, die Chance für uns, an den Tisch zu kommen, um Wurst und Käse zu klauen. Beeilt Euch, jeder nur ein großes Stück ins Maul und dann hinaus. Die beiden waren so mit sich beschäftigt, sie bemerkten uns nicht, für uns nur gut. Hier hätten wir auch nicht bleiben können in diesem Liebesnest, wir stören da nur. Draußen im Gras genossen wir unsere Beute, es war köstlich, ich liebe Käse. Satt, wenigstens für einige Stunden. Auf, los geht es, ihr Faulpelze, wir müssen weiter ziehen, ist wie in der Fremdenlegion oder so ähnlich, aber da passieren auch schlimme Sachen, habe ich gehört. Es ist hell und wir könnten einige Kilometer schaffen. Macht ja nicht schlapp, denn bevor es dämmert, müssen wir ein neues Versteck suchen. Eigentlich können wir uns gar nicht verlaufen, Katzen finden sogar weit entfernte Häuser wieder. Wir haben einen ausgeprägten Orientierungssinn. Zur Orientierung: es ist ein Zusammenspiel zwischen Augen und Ohren. Wir hören auch besser als ihr Menschen und finden im Dunkeln uns auch besser zu Recht. Wir können sogar Erinnerungen speichern und vertraute Geräusche. Katze eben ! Aber wir sind ja abgehauen, bzw. Ben ist von uns überredet worden, mitzukommen. Blacky hat man ausgesetzt und mich im wahrsten Sinne nach draußen befördert, das tat weh, sag ich Euch. Jetzt haben wir die halbe Zeit unserer Strecke schon hinter uns gelassen. Wisst Ihr, was mit Euren angeblichen Frauchen und Herrchen passieren soll? Macht euch mal Gedanken. Ich für meinen Teil werde diesem alten Krummbein eine Lektion erteilen, die er sein Leben lang nicht vergessen wird. Werde ihn auf sein marodes Scheunendach locken und ihn runter stoßen oder so. Ich habe immer dieses Kopfkino, es geht hin und her in meinem Hirn, was mache ich mit dem alten Esel. Er muss bestraft werden. Seine Frau war genau das Gegenteil von ihm, weiß bis heute nicht, was die an dem fand. Sah aus wie ein Waldschrat und sie war so klein und auch noch hübsch. Na ja, wo die Liebe hinfällt. Ich muss mal rechnen, Kumpels, wie weit es noch bis zu der Haltestelle ist, wo Blacky im Karton war. Wenn wir noch einen Zacken zulegen, sind wir in einer Stunde dort. Blacky, Du findest doch das Haus wieder oder? Na klar, ist ganz dunkelrot mit Klinkern und schwarzem Dach, Hausnummer 7. Ist sowieso nicht meine Glückszahl. Nach diesen interessanten Katzengesprächen schlichen sie km um km vorwärts und erreichten die Haltestelle mit der Kapelle nebenan. Schnell verschwanden wir in der Kapelle und machten erst mal Pause. Wie schön es hier war und ruhig und die vielen Kerzen. Ich habe mal gehört, man kann für die Menschen und Tiere, die man liebt oder auch nicht mehr bei uns sind, eine Kerze anzünden. Dann schmeißt man ein Geldstück in die Schale als Dank. Aber wir haben keine Kohle, hat alles der Kurt an sich gerissen. Und dem statten wir auch noch in nächster Zeit einen unangenehmen Besuch ab, versprochen. Aber vielleicht können wir doch eine Kerze anzünden und bringen 3 Mäuse als Geschenk. Gesagt, getan. Jack jagte ganz schnell draußen umher und kam mit einer Spitzmaus zurück. Die fresse ich sowieso nicht, aber tot ist sie trotzdem. So, meine liebe Lady, diese zünde ich für Dich an und meinem Kind. Ich vermisse Euch, aber man sieht sich in diesem Leben zweimal, ganz gewiss. Ben, inzwischen auch auf Mäusesuche, kam nur noch mit den Innereien zurück, aber was soll´s, meine Kerze ist für unseren Freund Bonzales, das war ein wirklicher Freund. Den besuchen wir noch mal oder? Na klar, maunzte Jack. So ein toller Hund und bei dem können wir bestimmt noch mal Unterschlupf finden, wenn schlechte Zeiten auf uns zukommen. Und Blacky zierte sich wie immer, hatte aber dann doch einen kleinen Vogel im Maul. Der war schon dahin, Jungs, wirklich, aber hier ist er doch gut aufgehoben und hat es gemütlich mit den vielen Lichtern. Ich will eine Kerze anzünden für meine Katzenmutti, die viel zu früh über die Regenbogenbrücke ging. Ich vermisse sie, wir waren damals drei Geschwister, aber die anderen wurden in eine Tierauffangstation gebracht , da hatten sie es gut und bekamen ein neues Zuhause. So, nun war die Zeremonie vorbei und weiter ging es zum Haus von Blacky. Da, seht mal, stehen die Fahrräder, sie haben kein Auto, sind Naturburschen. Im Garten spielten die Kids. Sie waren 7 und 8. Der linke hat mich immer am Schwanz gepackt und das tat weh und der rechte hat mir immer das Fressen weggenommen, nur um mich zu ärgern. Was machen wir mit denen? Wir erschrecken die ganz doll, schleichen uns ran, dann greifen wir volle Pulle an, kratzen und zwicken sie und Du darfst auch beißen, Blacky. Denk daran, sie haben Dich ausgesetzt und Du wärst vielleicht verhungert. So machen wir es. Im Nu gab es ein Geschrei und Geheule und so schnell konnten die gar nicht sein, um uns zu kriegen. Sie böllerten drauf los, schrieen Mama, Mama, aber die hörte wohl nicht sofort. Wir lauerten inzwischen im Gebüsch und warteten ab, was passierte. Auf einmal wurde die Haustür aufgerissen und die besorgte Mutter stolperte längs über zwei Stufen und klatschte mit dem Gesicht aufs Gras. Auch sie schrie und jammerte, als sie sich hoch angelte, humpelte jetzt auf einem Bein. Ihre missratenen Söhne, die immer noch plärrten und nicht aufhörten, hatten blutige Nasen und Kratzer überall an den Armen. Eine Nachbarin holte Hilfe und so wie es aussah, fuhren sie alle samt ins Krankenhaus. Sie werden es schon überleben, dachte ich. Diese Lektion war gelungen, obwohl Blacky ein schlechtes Gewissen hatte und es bereute. Wisst Ihr was, da nun alle fort sind, könnten wir uns im Keller nach etwas Essbaren umsehen. Sie haben da immer Reserven, so eine Art Speisekammer. Das Fenster stand auf und ganz schnell rannten wir Richtung Keller, da war das Regal, aber mit Konserven, aber seht doch, da steht noch eine ganze Packung Trockenfutter von mir. Haben sie noch aufgehoben. Nehmen wir mit, sonst war nichts für uns dabei, schade! Und schwups wieder durchs Fenster in den Garten und Gebüsch.

Erst mal fressen, besser das hier als nichts. Mein Magen knurrte nicht mehr und nun hieß es, nächste Runde, nächstes Opfer, die Sippe von Ben. Da hatte ich auch schon eine Idee.

Man müsste von dem Traktor die Benzinleitung durchknabbern, aber ach, das schmeckt doch nicht oder noch was, wir versuchen die Reifen zu zerstören, aber wie? Große Nägel oder doch unsere scharfen Krallen. Wenn wir dort sind, dann sehen wir weiter.

Kapitel 21

Unsere Rache

Nun zum Hof von Ben, der gar nicht weit entfernt von Blacky's war, vielleicht 10 Minuten. Von weitem sahen wir auch schon den Traktor. Neu überholt und er glänzte in der Sonne. War das Prachtstück von meinem Herrchen, meinte Ben, aber alle haben irgendwelche Dinge mehr geliebt als mich. Ich kam immer zu kurz in jeder Situation. Mein Mensch, der mich liebt, den habe ich leider noch nicht gefunden, ja klar, bei Trudi und Lore war es harmonisch und die hatten auch ein Herz für uns Fellnasen, aber der doofe Kurt mit seinem Geiz , der war nur geldgeil, hat uns benutzt. Wenn ich mich hier so umsehe, nur Fahrräder, Traktor, Rasenmäher und ein Grill, dafür war Geld immer übrig, jedoch für mich, den Hofkater, blieb nur das billigste und den Tierarzt haben sie auch gespart, weil ich abgehauen bin. Nun, was machen wir hier. Mit den Nägeln wird nicht klappen, wie sollen wir die in die Reifen kriegen? Aber wir könnten den Rasensprenger anmachen, die haben so ein Gerät mit Selbstauslöser und wenn Henry, mein herzloses Herrchen in den Traktor steigt und los fährt, stellen wir das Ding an und er wird pitschenass und kann nichts sehen und düst gegen den Apfelbaum. Ja so wird was draus. Gesagt, getan, es dauerte nicht lange, da stieg er schon in seinen Rolls Royce und von hinten geschickt stellten wir den Rasensprenger an. Was jetzt kam, war umwerfend im wahrsten Sinne des Wortes. Er fuhr los, der Strahl erwischte ihn, er konnte nicht links und rechts gucken und wackelte mit dem Traktor hin und her. Er spürte nur das Wasser, sah nichts und peng raste er auf den Baum zu. Da er sehr langsam fuhr, konnte nicht viel passiert sein, aber immerhin hatte der Baum und Trecker eine Beule, der Baum war sehr schmal und fiel sogar um und Henry lag mit dem Gesicht im Cockpit auf dem Lenkrad. Durch den Krach kam der Rest der Familie aus dem Haus und alle schrieen durcheinander. Uns sah man nicht, weil wir im Gebüsch lauerten, Wir wollten noch etwas warten, um zu sehen, ob er ernsthaft verletzt war. Der Notarztwagen war schnell da, wir hörten nur etwas von einer Ohnmacht und Gehirnerschütterung. Er hat es verdient, verdient, jammerte Ben. Wir haben ihn ja nicht ermordet. Das war die Strafe für mein kaputtes Bein, du A. ich spreche es nicht aus. Jungs, es ist Zeit, um abzuhauen. Unsere Aufgabe haben wir hier erfüllt. Und jetzt kam Jack zu Wort und meinte, wir müssen uns ein Quartier suchen, bevor es dunkel wird und ich habe Hunger, wie immer. Mein Zuhause ist noch weit weg, da brauchen wir mindestens 3 Tage. Auf unseren Wegen erblickten wir unzählige Hütten, Scheunen und noch eine Kapelle.

Aber wo sollten wir unterschlüpfen? So kalt ist es heute nicht, doch ich hätte es auch gern kuschelig und warm, miaute Blacky. Nicht nur Du, rief Ben, mir tun auch alle Knochen und Glieder weh von dieser Mammutaktion im Garten. Ich musste ja den Rasensprenger bedienen, das war heikel, sag ich Euch, aber ich hab es geschafft. Egal, wo wir jetzt sind, die nächste Scheune soll es sein. Kommt mal her, erklang es ein Stückchen entfernt! Wer war das und was für eine Sprache, nein es war ein Hase, aber kann der auch sprechen? Na klar, sag ich Euch. Er war ziemlich groß und gut genährt, aber als Beute für uns zu groß. Als wir näher schlichen, zeigte er mit der Pfote auf eine Tür. Dann hoppelte er davon. Ein Wink mit dem Zaunpfahl. Natürlich neugierig wie nun mal Katzen sind, schoben wir den Riegel zur Seite und hinein. Es duftete nach frischem Heu und es stank nach Huhn, aber kein Wunder, wir waren in einem Hühnerstall gelandet. Ja und was sollen wir hier fressen. So ein Huhn, erst rupfen, killen, nee umgekehrt, erst killen und dann rupfen. Keiner von uns dreien hatte Appetit auf Hähnchen. Aber da seht mal, Eier, mindestens 6, Eigelb ist gesund und macht nicht dick. Also begnügten wir uns heute damit und dann auf's Ohr legen. Das tat gut nach dem langen Marsch. Gute Nacht, Kumpels! Gute Nacht Boss !!

Da wir wussten, dass Menschen sehr früh in den Hühnerstall kommen, um die Eier zu holen, mussten oder durften wir nicht verschlafen. Hey Ihr beiden, wir wechseln uns ab, so ne Art Nachtwache, damit wir im Morgengrauen aufbrechen müssen. Das klappte auch ganz gut und ich weiß nicht, wie viel Uhr, aber die Sonne ging noch nicht auf und wir wanderten weiter Richtung Heimat, meine Heimat? Aber nein, wir wollen ja noch Bonzales hallo sagen, der war echt nett zu uns und nicht vergessen, dem Kurt müssen wir einen unangenehmen Besuch abstatten. Wir holen uns unsere Kohle zurück, wir hatten die Arbeit und Angst und er hat kassiert. Das war also nicht nur ein Spruch von mir. Zunächst irritierten wir uns an gewissen Wiesen und Häusern und den Schienen und dann hörte man auch schon den Güterzug sich nähern. Wir sind richtig! Auf geht's! Wir erschrecken ihn erst, falls er zu Hause ist und dann lenkt ihr ihn ab und ich hole das Papiergeld, hoffe, ich finde es an dem besagten Ort, wo er es spart, dieser Geizhals. Es waren doch noch etliche Minuten zu laufen und wisst ihr was, ich habe schon wieder Hunger. Vielleicht liegt bei dem Knauser was brauchbares, mal sehen. So, nun sahen wir das Bahnwärterhäuschen und alte vertraute Geräusche klangen in meinen Ohren. Blacky, Ben seid auf der Hut und spitzt eure Lauscher und wenn ich das Signal gebe, stürmen wir die Bude. Kurt stand vor der Tür und der Zug war schon vorbei, dann setzte er sich auf seine morsche Bank vorm Haus und rauchte genüsslich seine Pfeife. Ahnungslos und sehr zufrieden blickte er auf die Gleise und dann in den Himmel, wie Hans guck in die Luft. Jetzt ist es soweit, Ben und Blacky begrüßten ihn mit einem lauten miau und Schwanzwedeln und ich schlich von hinten ins Haus in seine Küche. Mensch, wo kommt ihr denn her, ihr Viecher? Erfreut schien er nicht und die Begrüßung war alles andere als nett. Allein schon das Wort Viecher fand ich zum Mäusemelken, erst recht muss er seine Strafe kriegen. Er fuchtelte immer mit seiner linken Hand umher und machte ein Zeichen, los haut ab. Ich inzwischen hatte die Kohle entdeckt und klaute etliche Scheine, sie waren in einem kleinen Beutel, den ich gut im Maul tragen konnte. Dann schleppte ich noch vom Küchentisch alle Wurstscheiben hinter her und tat sie auch in den Beutel. Jedenfalls ein kleines Frühstück. Wir hatten einen verabredeten Platz und dort waren schon die beiden und warteten sehnsüchtig auf mich. Kumpels, wir haben zu fressen und Geld auch, ist das nicht herrlich? Am liebsten würde ich trällern, so ein Tag, so wunderschön wie heute…..Aber ich habe keine Stimme vom vielen Kommandieren. Der doofe Kurt konnte uns nicht sehen und hatte den Diebstahl noch nicht bemerkt. So verschlangen wir die Wurst und zählten die Mäuse. Leider nur 30€, aber besser als gar nichts. Unsere Mission hier war Auch erfüllt.

Auf, auf zu neuen Taten. !!! . Jetzt laufen wir zu unserem treuen Freund, den Bordercollie und Jacob und Maria, denen schenken wir die Beute oder?

Kapitel 22

Das Wiedersehen

Irgendwie hatten wir´s auf einmal sehr eilig und machten uns schnell auf den Weg zu dem Hof mit Schafen und einem glücklichen Hund. Glück ist nicht selbstverständlich, manchmal kommt es plötzlich und oft muss man lange dafür kämpfen oder einfach Geduld haben und abwarten. Da hab ich schon wieder ein Sprichwort für Euch: Abwarten und Teetrinken. Und was soll ich Euch sagen, ich hab noch eins auf Lager: Jeder ist seines Glückes Schmied. Aber wir sind nicht jeder, wir sind verachtete, ausgesetzte und weggeworfene Katzen, die nun ein neues Glück und Zuhause suchen, was gar nicht so einfach ist. Von weitem kam Bonzales auf uns zu, seine Freude war groß, mit lautem Gebell begrüßte er uns, sodass Maria und Jacob auch aus ihren vier Wänden gerissen wurden. Wie gerufen, nämlich von ihrem treuen Vierbeiner, standen sie vor ihrem Haus und erwarteten uns. Wo kommt ihr denn her und was habt ihr erlebt? Bisschen mager seht ihr aus. Ich bringe Euch erst mal was zu Fressen und so verschwand Maria im Haus und kam mit drei Riesenschalen zurück. Zwar gab es Dosenfutter von Bonzales, aber es roch trotzdem gut und wir überschlugen uns quasi beim runterschlingen, so ausgehungert waren wir. Dann kam noch Nachschlag und zwar Milch. Heute war ein guter Tag, das spürte ich und es kam noch besser. Bonzales rannte eine Runde mit uns, wir machten Wettrennen wie beim Hase und Igel. Dann sprach Maria ein ernstes Wort mit uns. Ihr könnt doch nicht für den Rest des Lebens nur auf der Flucht und Wanderschaft sein. Bleibt bei uns, fangt im Stall die Mäuse und helft dem Bonni beim Schafe hüten, so dürft ihr im Stroh schlafen und bekommt jeden Tag was zu Fressen. Das hört sich Klasse an, aber vorab muss ich noch zu meinem alten Haus, was erledigen. Natürlich konnte ich den beiden nicht sagen, was ich vorhatte, nämlich dem alten Knurrbein eins auswischen. Hey, meine Freunde, flüsterte ich zu ihnen, jetzt geben wir ihnen die Knete, okay? Na klar und so apportierten wir wie Hunde jeder einen 10 Euroschein im Maul. Das ist für Euch, haben wir gefunden in einem verwaschenen Beutel auf der Wiese. Ist nicht viel, kommt aber von Herzen. (wenn die wüssten)! Zu meinen beiden Samtpfoten miaute ich leise, ihr kommt doch mit und lasst mich nicht im Stich oder? Wir versprachen, nach einem Tag zurück zukommen und zogen weiter. Welch ein Glückstag, ich hatte so gute Laune, dass ich alle Sorgen vergaß. Aber eine Aufgabe musste noch erfüllt werden, Knurrbein! Was machen wir mit dem alten Sack? Vielleicht lebt er nicht mehr, wäre nicht schade um ihn. Ich hab`s, in meinem Kopf hämmerte es wie verrückt. Ihr lockt ihn auf sein marodes Dach, was er immer reparieren wollte und dabei blieb es. Wenn er oben ist, schupse ich die morsche Leiter weg, die Stufen sind eh uralt und brüchig. Wenn ihr ihn weiter oben verdrängt, wird er auf die Leiter wieder hinab wollen. Dann fällt er vom Dach, sind nur 5 Meter und er bricht sich die Knochen. Muss klappen. Mit einem ungutem Gefühl in der Magengegend rückten wir dem Ziel näher. Angekommen und laut miauend und knurrend lockten wir den Alten aus seinem Bau. Miau miau schrieen Ben und Blacky vom Dach. Als er die beiden sah, ein Fluch: verdammte Mistviecher, soll Euch der Teufel holen. Er schrie förmlich, ich werde es Euch zeigen, nahm ein Luftdruckgewehr und wollte die Leiter hinauf aufs Dach. Meine beiden Kumpels versteckten sich hinter dem Schornstein. Knurrbein oben und immer noch schreiend und das Gewehr zielend auf den Schornstein. Jetzt, ein Schuss wurde ausgelöst, aber nicht getroffen, nur den Schornstein. Blitzschnell kletterten beide runter und der Stinkstiefel da oben wollte hinter ihnen her. Jetzt sah er sie nicht mehr und in seinem Tempo düste er zur Leiter, guckte nicht, ob sie noch stand. Ich hatte sie umgekippt. Er verfehlte natürlich die Sprossen, weil sie nicht da waren, er flog so schnell wie ein Vogel vom Dach samt Gewehr zum Boden, löste dort einen Schuss aus und schoss sich selbst in den Fuß. Ein lauter Schrei, ging durch Mark und Bein und ein Hilfe, Hilfe ertönte darauf. Los verstecken wir uns und sehen, was passiert. Ich sah nur Blut und einen jämmerlichen alten Mann am Boden. So, mein Herrchen, jetzt liegst Du flach, so wie ich gelegen habe, als Du mich mit einem Tritt durch die Luft gewirbelt hast. Das ist die Strafe für all Deine Missetaten. Da rennt schon Dein Nachbar, holt Hilfe. Ich sah ihn da so liegen, hatte aber kein Mitleid, nur Wut und Genugtuung. Keine 10 Minuten später ertönte die Sirene des Krankenwagens und wir verschwanden dahin, wo wir her kamen. Nun wollten wir heim in unseren warmen Stall mit Stroh, zu unserem Helfer in der Not und unseren Adoptiveltern Maria und Jacob.

Kapitel 23

Das Happy End

Mensch, was bin ich froh, dass ich das hinter mir habe. Jetzt kann es nur noch besser werden und wir zogen im Katzentempo in Richtung Schafe, Maria, Jacob und Bonzales. Und wie versprochen haben wir dem treuen Hund eine Riesenbockwurst geschenkt, natürlich geklaut! Was soll ich Euch sagen, hier endet auch meine Geschichte von Kummer und Leid und auch letzt endlich Freud. Wir leben jetzt auf diesem tollen Hof, haben keine Sorgen mehr, unsere Genugtuung über unsere Vorbesitzer, haben uns gerächt, sie bestraft und jetzt sind wir glücklich und haben ein friedliches Katzenleben.. Und ehe ich es vergesse, Kater Lucky „ die gefleckte Kuh " habe ich verschont, ist schon gestraft mit seinem Aussehen, Geschmackssache eben! Auch die bescheuerte Perserkatze Miss Dolly habe ich keines Blickes mehr gewürdigt, Strafe genug!

Und wenn sie nicht gestorben sind, leben sie noch heute!